大江戸艶《つや》捜査網

沢里裕二

コスミック・時代文庫

この作品はコスミック文庫のために書下ろされました。

目次

序の幕

天保《てんぽう》十一年（一八四〇）の睦月《むつき》のこと。

「ええいっ。また西の丸に緊縮案を潰《つぶ》されたわい。大御所《おおごしょ》は幕府にいったいどれほどの金が残っていると思っているのか。このままでは、じきに立ち行かなくなるではないか」

老中首座水野越前守忠邦《みずのえちぜんのかみただくに》は、こめかみに太い筋をたて、扇子《せんす》を振り回しながら、上屋敷の框《かまち》を上がった。

まだ寒い時期にもかかわらず、怒りが額の汗となってじわじわと噴き上げてくる。腹が立ち、暑さ寒さすらも感じないのだ。

あれはなかろう。水野はつい今しがた、御城で味わった屈辱を思い返した。

大御所がぶらりと本丸へ現れて、

「水野、民の贅沢《ぜいたく》を禁止するのはどうかのう。わしから家慶《いえよし》にそんな愚案は斬《き》り捨てるようにいっておこう」

と一言いい、西の丸へ帰っていったのだ。

案を潰されたというより、あれでは居並ぶ老中、若年寄の前で顔を潰されたようなものだ。武士にとってこれほどの侮辱《ぶじょく》はない。

「政《まつりごと》は本丸の仕切りだっ」

あまりの腹立ちに草履《ぞうり》を脱いで框に上がった際に足袋《たび》が滑り、身体がよろけたほどだ。

御城の真向かい、日比谷掘《ひびやぼり》に面した水野の屋敷だ。

将軍徳川家慶のもとで政を一手に引き受ける事実上の執権《しっけん》、水野忠邦の屋敷のことだ、その外塀の周りには、栄華を極める老中首座の屋敷をひとめみようと諸藩の勤番侍たちが、連日うろうろしている。

田舎侍にとって江戸の大名屋敷巡りは、楽しみのひとつでもあり、国許《くにもと》への土産話《みやげばなし》の種でもあった。

水野が怒りに任せて脱いだ草履が、勢い余って三和土《たたき》に一回転して着地した。

「殿、米原光輝《よねはらみつてる》様が、半刻ほど前からお待ちでございますが。先にお着替えなされますか」

江戸屋敷付きの家老が廊下に手を突いていた。

米原光輝は、水野が肝《きも》いりでその座に付けた作事奉行だ。本丸派の中で、もっとも頼りにしている男である。

水野は客と対面するために書院へと急いだ。

襖《ふすま》を開けると米原が平伏していた。

「米原、大儀であったな」

水野が上座に座ると米原はすぐに顔を上げた。

「して、ご老中、首尾は」

「差し戻しだ。家慶公が『そうせい』とわしにすべて任せてくれたものを、大御所がすべてひっくり返した」

「またでございますか。これでは本丸はまるで西の丸の配下のようでございますな」

米原も渋面《じゅうめん》を作った。

天保八年に御代替わりになって三年が過ぎていた。

いまは第十二代将軍徳川家慶公の世のはずである。本丸に座しておられるは、あくまで家慶公。水野はその政を実質的に預かる老中首座の地位にいる。

さんざん賄賂《わいろ》をばら撒《ま》いて手に入れた地位である。将軍家以外の武家として老中、しかもその首座にまで駒《こま》を進められたならば、もはや上はない。残るは名老中と称される手柄が欲しいだけである。

歴史に名を刻みたい。水野はそう考えていた。

その術《すべ》がないわけではない。

幕政の大改革を行うことである。

八代将軍吉宗《よしむね》公による享保《きょうほう》の改革。松平定信《まつだいらさだのぶ》による寛政《かんせい》の改革に次ぐ改革を行うことである。

水野の手による天保の改革。それこそが歴史に名を刻む名老中の大仕事であろう。

改革の目玉は綱紀粛正《こうきしゆくせい》、緊縮財政である。

享保、寛政の先例も柱は幕府財政の立て直しと、緩《ゆる》み切った市井《しせい》の風紀取り締まり強化であった。

ところが、これに真っ向《こう》、異を唱えるのが西の丸に退いた先の将軍、家斉《いえなり》公であった。

徳川幕府最長である五十年にわたり幕政の実権を握ってきた家斉公は、いまだ健在で、あらゆることに口出ししてくるのである。

奢侈《しゃし》をよしとし、倹約は美徳にあらずと豪語する家斉公は、将軍時代、寛政の改革を断行する松平定信を罷免《ひめん》し、改革を終焉《しゅうえん》させた当人である。

いまだ健在なのである。

「米原の言う通りぞよ。このまま大御所の権勢が衰えねば、いまに西の丸の老中どもが、家慶様をも手なずけてしまうだろう。いや、大御所はみずからの側近を使い、意にそぐわない本丸の老中を駆逐する策に出てくるやも知れん」

水野は焦《あせ》ってもいた。

家斉とその子家慶では、決断力が圧倒的に違う。

優柔不断で付け入る隙がたくさんある家慶に比べ、家斉は老中の首などいくらでも挿《す》げ替えてくる。それも巧妙に外堀を埋《う》めてくるのだ。

「ご老中やそれがしなどは、いつ罷免されるやわかりませせぬな」

米原は顔にすでに諦観《ていかん》の色を浮かべている。

「市中に騒ぎを起こすしかあるまいな。そちは、もはやわしと一蓮托生《いちれんたくしょう》だ。やるしかないのだぞ」

水野は腰が引けかけている米原の顔を睨《にら》みつけながら言った。

「ははあ」

米原が頭を下げた。

水野は改革の柱に人返し令と上知令《あげち》を実行しようとしていた。もちろんまだ腹の中にある案でしかない。

人返し令とは農民を近郊の農家に戻すことである。

天保の世ともなると商いが発達し、貨幣決済が主流となったことで、農民が田畑を棄《す》て江戸市中へ流入するようになった。これでは食料自給率が下がる一方である。農民を田圃《たんぼ》に戻さねばならない。

上知令は江戸市中の旗本の屋敷を幕府直轄地とすることである。国防のために諸国に分散している直轄地を江戸と大坂に集中させたいといえば家慶公は『そうせい』というだろう。

なにしろ『そうせい将軍』と異名される家慶公である。

水野の本音は、有力旗本たちの力を削《そ》いでしまうことにあった。どれほどの地位にいようが、それを倒そうとする者は必ず現れるものだ。

石高の高い旗本、そして譜代大名。これらの力を削いでおきたい。まずは旗本の土地屋敷を召し上げることだ。

これを実現させるには、米原のような側近中の側近をうまく使う必要があった。

米原光輝は、能吏《のうり》であると同時に色の道に長《た》けていた。

この男は二千石旗本の家に生まれ、文武に優れ、作事奉行としても卓越した手腕を発揮し水野の眼にとまったのだが、女にもてた。

三十七歳で妻女《さいじょ》も子息もいるが、町家の女房や尼僧との色ごとに余念がない。はては参勤交代で主《あるじ》が国許に戻っている大名家の妻女とも密通していた。

それが水野の間諜《かんちょう》にはおおいに役立った。

いずれは大目付に取り立てる。そうすればおいそれと米原に妻を寝取られた大名も文句も言えまい。

「余が大目付、町奉行と寺社奉行それぞれに奢侈禁止令と風紀紊乱《ふうきびんらん》の取り締まり強化を命じる。これ自体には誰も文句を付けられまい」

「はい、ですが、多少のことでは武士も町民も坊主も面従腹背《めんじゅうふくはい》するだけかと。表向き沈静化しても、必ず抜け道が作られます」

米原がそう言うのもわかる。

所詮《しょせん》、人の贅沢欲や色欲を取り除くことなど出来ないのだ。大御所、家斉の考えもそこにある。

民をいたずらに締め付けるな。むしろ奢侈を奨励し活力を生み出せ、というものである。

水野もわからぬでもない。

だが真逆の策を打ち出さねば、幕政の大改革にはならない。己《おのれ》の名も上がらない。ここは大御所やその取り巻きたちの顔を潰すような大きな事件を起こすに限る。本日自分が食らったような恥をかかせてやるのだ。

「米原、そのほう西の丸が狼狽《うろた》えるような風紀紊乱をしかけよ」

そうするしかないのだ。

その上で、有無を言わさず、江戸から悪所を一気呵成《いっきかせい》に一掃《いっそう》する。悪所はあらたに近郊に作り、その利権は己が握るのだ。

いずれ老中首座の地位はわが水野家の世襲制にしてみせる。

「米原、しかと頼んだぞ。そちも老中になりたかろう」

「ははあ。しかと。弁天党《べんてんとう》を使い春から夏にかけて江戸の風紀を乱しに乱してみせまする」

米原の眼に自信が戻っていた。

第一幕　未通子《おぼこ》仕込み

一

深川萬年橋《ふかがわまんねんばし》の袂《たもと》に、やわらかな春の日差しがそそいでいた。長閑《のどか》だ。

定橋掛《じょうばしがかり》同心の真木風太郎《まきふうたろう》は、ひととおり橋の状態を確認すると、両手を上げて大きな欠伸《あくび》をした。

昨夜の放蕩《ほうとう》がたたって少し眠い。腰も痛くなってきた。

奉行所の同心の中でも定橋掛は、地味で陰気なお役目である。

江戸の治安を護《まも》るため、市中を駆け巡り睨《にら》みを利かす定廻り同心や、探索のために敵中深く潜り込む隠密廻り同心などとは根本的に異なるお役目だ。

来る日も来る日も江戸中の橋を見て回る。

ただそれは雨の日も、風の日も、雪の日も、酷暑の日も、ひたすら丹念《たんねん》に橋の状態を検《あらた》めねばならないお役目だ。

橋桁《はしげた》に腐食があったり、踏板《ふみいた》が割れていたりしたならば、ただちに報告し修繕せねばならないからだ。見逃して大事に至っては、定橋掛としての首が飛ぶ。おのずと橋を検める眼はきつくなる。

そうした意味では、悪人探しよりも手間も根気もかかるお役目で、地味だからと言って暇なわけはない。

昼八つ（午後二時頃）。

今日のお役目はここまでにしたい。

とにかく目と腰が疲れる仕事である。風太郎は小名木川《おなぎがわ》に架かる太鼓《たいこ》形の萬年橋のもっとも盛り上がったところに立ち、遠くで帆掛け船が行き交う様子を眺めた。

こうやって遠くを見て腰を伸ばすと、活力が戻ってくるものだ。

穏やかな日とあって、橋の脇では香具師《やし》が亀を売っていた。萬年橋の萬年にかけて縁起物の亀を売っているのだ。

威勢のよい香具師の口上も、気持ちに張りを持たせてくれた。

木桶《きおけ》の縁から顔を出す亀の頭を見て、風太郎は、

「あぁ、今日も女とやりたい」

と切に思った。

趣味と言えばたったひとつ、女である。風太郎は呑むも打つもしない。旨《うま》いもの好きでもない。しょっぱい香の物に塩むすびと味噌汁《みそしる》があればそれでいいぐらいだ。

それよりも女の鮑《あわび》だ。肉鮑より旨いものはこの世にないはずだと信じている。

頭に鮑の形状を浮かべるとたちまち淫気が回ってきた。

己《おのれ》の股間の亀の頭がむっくり起き上がった。

袴《はかま》を摘《つ》まんで岡場所へとひた走りたいところではあるが、昨夜、根津権現《ねづごんげん》門前の色街で散財してしまったので、今日は一人寝で手淫でも楽しむしかないのだ。

手淫にもその種は欲しい。

そこで、風太郎ははたと思い出した。

佐久間町《さくまちよう》の地本《じほん》問屋『春風堂《しゆんぷうどう》』のあるじ善兵衛《ぜんべえ》から、垂涎《すいぜん》ものの春画が手に入ったと報《しら》せがきていたのだ。

買わないまでも、そいつをたっぷり眺めさせてもらったならば、今夜の手筒の握りにも力がはいるというものではないか。

風太郎は萬年橋を降りるといそいそと佐久間町へと向かった。

「これはこれは真木様。おいでになるのが早いですな」

売り場の奥の帳場に端座していた善兵衛が、にやりと笑い腰を半分だけ浮かせた。黴臭《かびくさ》い匂いが立ち込めている店だ。

日が燦々《さんさん》と降り注ぐ表通りとは対をなすように、店内は仄暗《ほのぐら》い。禁制の春画や閨噺《ねやばなし》ばかりの黄表紙を多く扱っているので、ひたすら地味に営業しているのだ。

それでも奉行所の手入れが滅多に入らないのは、ひとつは幕府も色事に対する一定の必要性を認めているからで、もうひとつは、南北両奉行所の与力や同心が、ひそかにそれらの書画を譲り受けているからだ。

春風堂に他の客はいなかった。

「垂涎ものと聞かされたら、飛んでくるよ。精緻《せいち》な鮑を拝みたいものだ」

「それがですな、真木様、鮑というより生牡蠣《なまがき》のような筆致でござんしてね」

善兵衛が含み笑いをする。天井の明かり取りから差し込む日が、その顔の半分だけを浮き上がらせる。鬢《びん》に白いものが混じり始めた善兵衛は、今年で五十二歳になるはずである。

「生牡蠣とな」

風太郎はただちにその形状を想起した。何やら鮑とはまた違ったいやらしい形状のようだ。

「はい、縦に長い亀裂でございまして」

善兵衛が帳台の下の抽斗《ひきだし》から恭《うやうや》しく文箱《ふばこ》を取り出し、台の上で厳《おごそ》かに蓋《ふた》を開ける。

「ほう。これは」

中に見事な錦絵が入っていた。

船宿の二階の欄干《らんかん》に腕を突き、大川《おおかわ》を行き交う屋形船や猪牙舟《ちょきぶね》を眺めている島《しま》田髷《だまげ》の芸者の着物の裾《すそ》が大きく捲《めく》られている。

肉付きのよい尻だ。

あえて臀部《でんぶ》が大きく描かれ、そのまん中にある割れ目は、舐めたくなるほどに精緻を極めている。

「満汁《まんじる》が滲《にじ》んでいる具合が、なんともうまいですな。これは広重《ひろしげ》か北斎《ほくさい》の裏仕事かと」

「なるほど。号がどこにも書かれていないのが、なによりの証《あかし》かも知れぬな」

股間が大きく膨《ふく》らんだ。

善兵衛が一枚目を取り出すと、下から次の絵が現れた。

「棹《さお》舐《な》めと自《じ》弄《い》りの合わせ技とはな。この構図は凄《すご》い」

右の上端から大根のような極太魔羅《まら》が差し出され、女がその雁《かり》に舌を這わせているのだが、女は蟹股《がにまた》でこちらを向いている。これまた腰と股間が誇張されており、まさに生牡蠣のような御満処《おまんしょ》に人差し指を這わせている図だ。亀裂の複雑な筋や隆起が精緻に描かれ、濡れた指先は、まさに女の肉玉を転がしているようである。

しかし女の顔は下品ではない。切なげに眉間《みけん》に皺《しわ》を寄せているが、表情全体には気品が漂っているのである。

風太郎は眼を見張った。眼福《がんぷく》である。

まるで北斎のような躍動感のある構図に、広重のような穏やかさが同居している絵であった。

実は風太郎にも絵心があった。絵が好きだったわけではない。これも色欲から出た好きこそものの上手《じょうず》なれである。

気に入った女たちの裸体画を勝手に描いていただけだ。

最初は妄想の絵であったが、次第に同衾《どうきん》した後に女の記憶が醒めぬうちに、交《まぐ》わっている最中の顔や肉交している部分を、すぐに絵にするようになった。そのうち、やりながらも描くようになった。

そうすると、縁が切れた後も、なつかしく絵を見返し、手筒に浸れるのだった。

したがって写実にはいささか自信があったが、このような斬新な構図は思いもよらない。

絵師と素人《しろうと》の違いである。

「これなどは、もう圧巻でございまして」

善兵衛がさらに次の絵を出した。

「おぉおおっ。後ろからぐっさりかよ」

風太郎は思わず袴の中央を握りしめた。善兵衛の目の前で少し恥ずかしかったが、勃起した逸物《いちもつ》を握りしめなければ、洩らしてしまいそうだったのだ。

絵は欄干に両手を突いた女の腰骨を両手でがっしり押さえた男が、着物を端折《はしょ》って帯に差し、馬のような太棹を約半分まで挿《さ》し込んでいる図であった。

女の顔と肉交の部分だけを誇張して描いており、遠近の均衡は不自然なのだが、その分迫力がある。

まず女の表情がいい。そこらへんの春画と異なり、女はよがっていない。

窓から顔を出しているという構図なので、女は決して呻《うめ》くまいと口を真一文字に結び、目を潤《うる》ませて耐えているのだ。

大根棹を咥《くわ》え込んだ御満処の花びらは肉厚で、秘孔は淫らに広がっている。汁が太腿の裏側にまで垂れている様子はまさに触って確かめてみたくなるほど真に迫っていた。

「五枚組で一両でございますが、真木様はいつも通り、二階で一日中ご覧ください。道具も用意しておきます。非番の日にどうぞ」

善兵衛が掠《かす》れた声で言い、にやりと笑った。模写をさせてくれるのだ。

「明後日《あさって》は昼過ぎから非番だ。よいか」

「もちろんでございます」

「善兵衛、いま五枚組といったな。残りの二枚はどうなのじゃ。もったいつけるなよ」

風太郎の声が少し甲高《かんだか》くなった。鼻息も荒くなっているのが己でもわかる。

「はい、こちらはもう、本手《ほんて》でぐっさりの図でございまして」

善兵衛が震える指で、文箱の奥からさらに二枚取り出した。新たに出た二枚は半紙で表が覆《おお》われていた。

「あのう……」

入り口の方からそんな女の声がしたようだ。だがふたりとも次の絵への興味で、聞きそびれていた。

善兵衛があえて女の腰巻をそっと捲るような手つきで、半紙を上げた。好事家《こうずか》同士は焦《じ》らして相手を悦《よろこ》ばせる癖がある。

絵が目に飛び込んできた。

「あぁ、あぁ、まんま繰り返しで、ぐっさり……」

風太郎は感嘆の声を上げた。

今度は布団の上で男女が真っ裸になっていた。

男の背中越しに描かれているが、剛根《ごうこん》が垂直に、女の股の間に刺さっていた。交合の部分を極端に大きく描いている。女の顔は遠くで小さい。臀部と股間がやたら大きく迫力に満ちていた。

普通ならここで棹も描きたくなるところだが、絵師は根元しか描いていない。土手を擦《こす》り合わせている体《てい》で、ふたつの皺玉がぴったり女の尻孔《しりあな》あたりに張り付いていた。

「最後の絵でございます。あっしはこれを見たとき、にゅるっと洩らしてしまいましてな……」

説明する善兵衛の声が上擦《うわず》った。

「早く見せてくれ」

風太郎の声も震えていた。

「こちらで」

善兵衛、こんどはすぱっと半紙を捲った。

「あぁあああっ」

風太郎は呻いた。

最後の絵は、顔面射精であった。

絵の上半分が女の顔。下半分に御満処が拡大されていた。抜いたばかりと思われる剛根の尖端から、どばっ、と迸《ほとばし》ったと思《おぼ》しき汁玉が三発空中を飛んでいる。

女の顔にすでに到達した汁も克明に描かれており、額、鼻梁《びりょう》、頬に飛び散らかっていた。

よく見ると島田髷のてっぺんにもひとつ付着しているではないか。

女の顔は、まさに『いやんっ、べちょ、べちょ』と照れているようだ。

下半分に目を向けると、砲身を抜かれた後の御真中口《おまんこう》が、だらしなく開いたままで、凛々《りり》しい女の顔とは対照的な油断した様子を見せていた。それも匂い立つような濡れ具合だ。

絵全体から、直後の臨場感が伝わってくる。

上手《うま》い。上手すぎる。

「ああ、それが男女の交わいのありさまでございますか。ああ、はう……」

背後で女の掠れた声がした。

「えっ」

風太郎は振り向き、善兵衛は腰を上げた。

二十歳《はたち》ぐらいの娘が、着物の前身頃の中心あたりを右手で押さえながら立っていた。黄色に格子柄の木綿の単《ひとえ》に赤い鼻緒の下駄を履《は》いている。継《つ》ぎ接《は》ぎがない着物を着ているということは、長屋者とか、どこかの奉公人ではなさそうだ。

商家の娘というところか。

「いやいや、これはいけないものを見せてしまった。娘さん、入ってくるときは声をかけてくださいよ」

善兵衛は慌てて錦絵を文箱の中に仕舞った。

奉行所から黙認されているのは、あくまで内々のことであり、素人に騒がれては困るのだ。ましてや見るからに生娘《きむすめ》らしい女に、春風堂でいかがわしい絵を見せられたなどと吹聴《ふいちょう》されては、お上《かみ》も手入れをせずにはいられなくなる。

「娘さん、それがし南町の同心だ。盗品の聞き込みでここにきておる。これはたいそう価値のある危な絵でな。さる豪商から盗まれたもの。それがここに持ち込まれたということだ」

風太郎は羽織の前紐《まえひも》を解き、帯に差した朱房《しゆぶさ》の十手《じつて》を取り出して見せた。定橋掛とはいえ町奉行所同心には変わりない。十手は授かっている。

「あぁ、そうでしたか。あたしは男女の交合のいろいろがわかる双紙でもないかと探しに来ましたもので。いまそこに広げられていた錦絵ならば、わかりやすそうだなと」

娘は、だいぶ前から覗《のぞ》いていたようで、頬を紅潮させたまま、腰をくねらせている。手が股間から離せないらしく、着物の上からでも股の間がどこなのかはっきりわかるほど、しっかり指が押し込まれていた。

「なんでそんなことを知りたがる。娘、名はなんという」

風太郎は十手を取り出し、己の頬に当てた。

「あたし神田《かんだ》の『鶴巻屋《つるまきや》』の次女の桃江《ももえ》と言います」

「『鶴巻屋』とな。すまんが知らぬな」

風太郎は善兵衛を見やった。善兵衛も首を横に振った。

「小さな荒物屋ですから、ご存じなくて当然です」

桃江は哀しそうに下を向いた。

「で、なんでまた色事について知りたいんだ」

風太郎は取り調べでもするような口調で聞いた。

実際のところ取り調べなどしたことがない。

風太郎が調べる相手は常に木橋だ。『なんで腐ったのだ』と聞いても答えてくれない。十手も橋の状態を調べるために、かんかんと叩く道具に過ぎない。

「お父《とう》が博打《ばくち》に負けて、家が破産しました。あたしは間もなく吉原《よしわら》に売られます。十八歳になりますが、まだ男を知りません」

桃江は下を向いたままぼそぼそと言った。

「そんなことは、女衒《ぜげん》か廓《くるわ》の若衆が仕込んでくれるさ」

そういうものだ。

禿《かむろ》から廓で育つ新造《しんぞう》ならば、お大尽《だいじん》に水揚げされるまで未通子《おぼこ》として、それはそれは懇切丁寧《こんせつていねい》に育て上げられるが、十五を過ぎて廓に落ちてくる女は、手練手管《てれんてくだ》の楼主か若衆に、男を悦ばせる技を徹底的に仕込まれる。

いくら生娘だといっても廓育ちでない限り、その価値はないからだ。

また武家崩れも商家崩れも客に人気はあるが、それまでの気位からか床下手《とこべた》が多いという問題もあるようだ。

ゆえにその気位を捨てさせる意味も含めて、廓によっては、半ばなぶりものにされるという。

「あたいは、おぼこだからと、何人もの男にいいように仕込まれたくないんです。自分で交わいのありようを知って、自分の力でいろいろ男を悦ばせる術を身につけたいんです。それに何も知らずに大門《おおもん》の中に入ってしまうのは怖いです。いろはぐらいは覚えてお勤めに出たいと。それと……今生《こんじょう》の世で男を味わっておきたくもあります」

桃江が顔を上げた。苦界《くがい》に身を落とすことをしっかりと覚悟をしている目だ。

「おまえさん、あの絵を見て、いまは発情しているかい」

風太郎は出し抜けに聞いた。

「は、はい」

桃江の顔がさらに朱に染まる。

「なら、おいらが教えてやろうか。絵や文字で知るより、実際にやっちまうのが一番だ。俺が、初貫通の痛みから、気持ちよくなるまで全部仕込んでやってもいいぜ。それとももう相手は決めているのかい」

風太郎は半分冗談、半分本気で言った。

棚からぼた餅《もち》という意識はない。

この女はこれから遊里の中でだけ暮らし、門の外へは生涯出られないだろう、ということを心のどこかで悟っているのだ。

その前に、金で買われたのではない男としておきたいのではないか。

「相手は決まっていません。知り合いの男とはしたくありません。鶴巻屋の桃江はある日突然、どこか遠方に引っ越したことにしてしまいたいんです。それからは廓の名で生きていきます。できれば鶴巻と名のりたいものです」

「それはいい名だね。そのおまん開きを真木様にしてもらうとあれば、運がつきいずれ鶴巻大夫《たゆう》とあがめられることになるやも知れませんぞ」

善兵衛がおべっかを言った。

桃江はこくりと頷《うなず》いた。

「同心さまに性愛のいろはを伝授していただけるならば、あたしは本望です。伝授くださいますか」

「任せておけぇ」

風太郎は胸を叩いた。

二

さっそく春風堂の二階の小部屋に上がり、風太郎はいそいそと布団を敷いた。

常々、春画の模写のために使わせてもらっている部屋だ。

墨の匂いが漂っている。障子窓から柔らかい日差しが差し込んでいる。隠微《いんび》な絵ばかり描いている部屋のわりには穏やかな気が流れていた。

「それにしても博打で負けたかたに娘を売るとは、甲斐性《かいしょう》のない父親ではないか」

風太郎は、布団に仰向けに寝かせた桃江の長襦袢《ながジュバン》の紐を解きながら、ため息を漏らした。

「それは違います。おとっつぁんは騙《だま》されたんです。そもそも博打場になど行く人でもありませんでした。山口屋《やまぐちや》の手代の尚介《なおすけ》さんが、どうしても一緒に行こうというので、近くのお寺さんに行ったのが始まりです。その時はほんの僅《わず》かですが勝ちました。それからどつぼに嵌《は》まり、抜き差しならなくなったのですが、おとっつぁんは、賽子《さいころ》に細工があるに違いないといっていました」

お椀形《わんがた》の乳房の尖端の乳首は小さく小豆色《あずきいろ》だ。

本人は生娘というが、その裸は見た目にいやらしく、白い肌は男をたっぷり知った女よりも艶《なま》めかしく輝いていた。

「八百長《やおちょう》の証拠はねぇんだろう」

風太郎も羽織も着物も脱いでいる。白い下帯《したおび》だけまだとっていない。

「ありません。でもおとっつぁんが言うには、女の壺振りの手つきが、怪しかったとか。女にしか隠せない孔に別な賽子を入れているに違いない、検めてくれと言ったそうです」

桃江が尻をもじもじとくねらせながら言った。黒い茂みはきちんと刈り揃えられていた。

「ここの孔の中に賽子を隠していたってか」

風太郎は桃江の秘丘を二本の指で開いた。にゅわっと粘着質な音がして、葛湯《くずゆ》のような汁が溢《あふ》れかえっていた。未通とはいえ、剛根を挿入すべき秘孔は、ぷくぷくと湯蜜を噴き上げている。

男を知っている、知らないと、まん処が疼《うず》く疼かないはまた別問題のようで、淫らで扇情的《せんじょうてき》な錦絵を見たなら、普通に濡れてしまうのだろう。

膠《にかわ》を塗ったように照り輝く紅色の花びらや、包皮から顔を出したお女芽《めめ》に風太郎はしばし見惚《みと》れた。

まん処全体から、汗臭さに少し似た発情臭が漂ってくる。

「ぁあっ、いきなり恥ずかしいです」

「おっと、すまん。ここから始めるのもなんだな。親父さんが騙されたという話は後回しだ。まずは桃江に男女のむつみかたを教えねばな。まずは口吸いだ。したことはあるか」

桃江の頬を撫《な》でながら聞いた。

「………」

桃江が沈黙する。

「なんだ、あるのかよ」

「五つのときに乾物屋の権助《ごんすけ》ちゃんと……ちゅうちゅうと……」

「口と口をつけて吸い合ったのか」

「おべろも絡ませました。なんだかとても気持ちよかったです」

「五歳で、なにやってんだよっ。舌絡ませて気持ちよかったってかっ」

「はい……」

「他のところは舐めあったりしていないだろうな」

「小間物屋のお初《はつ》ちゃんと、お乳を舐め合ったことがあります」

「いくつのときだよ」

風太郎は桃江を睨んだ。

「七つのときです。赤ちゃんごっこです。ちゅうちゅうしあったら、なんだかあたいもお初ちゃんも頭がぼーっとなってきて。とても気持ちよかったです。で権ちゃんが、おいらのも舐めてくれないかって言うもんだから、ふたりして権ちゃんの両乳首を舐めてあげました。権ちゃん、うっとりして、尻孔も舐めてくれとか言い出して」

「おいおい、なんて助平な遊びをしているんだよ」

まったく近頃の小僧や小娘は、見境がなさすぎる。

「いえ、それはしませんでした。お初ちゃんともそれっきりです」

「権助っていうのはいまでも近所にいるのか」

風太郎は軽い嫉妬《しっと》を覚えた。

「いいえ。家を継がず池之端《いけのはた》で年増《としま》用の陰間《かげま》になったとか」

小僧の頃から性愛の味を覚えて、そっちの道へ進んでしまったようだ。

「お初は」

「どこぞのお武家のお妾《めかけ》さんになりました。ろくでなしに嫁《とつ》ぐよりは、立派な男のお妾さんのほうが楽しいって」

ずいぶんと割り切った女のようだ。

「じゃぁ、口吸いの要領はわかっているんだな」

風太郎は手のひらで桃江のお乳を下から上へと押し上げながら聞いた。乳房は弾力があった。山の頂《いただき》で乳豆がきゅっと硬く締まった。

ここはまだ触ってやらない。

「あっ、はい。でも大人になってからはしたことがないので……」

恥じらいの笑みを浮かべているが、その眼は赤く染まり、期待に満ちているようだった。

風太郎は、桃江の乳山を搾《しぼ》るように揉《も》みながら、唇を重ねた。桃江の唇は乾いていた。舌でねちょちょにしてやる。

「ぁあぁ」

それだけで桃江は尻をくねらせた。根っからの好き者に違いない。色々教えてやるのが楽しくなりそうな相手だ。

「男が悦ぶ、柔らかな唇だ。自慢していいぞ」

口を吸いながら、褒《ほ》めの言葉を入れる。風太郎はたとえ相手が遊女でも、器量や性技の腕を褒め称《たた》えることにしている。

歯の浮くような言葉でも、褒められてむくれる女はいない。世を捨てたような、不《ふ》貞《て》腐《くさ》れた女郎でも、その眼がいい、乳房の触り心地がいい、孔の締まりは天下一だと称えれば、他の客には見せない本気を出してくるものだ。

桃江は唇を重ねたまま口を開けた。舌と舌を絡みつかせた。

「権助の舌のほうがよかったか」

拗《す》ねたように聞いてみる。年増用の陰間にでもなった気分だ。

「いえ、こんなねっとりした舌ではありませんでした。薄っぺらくてチロチロ舐め合っただけです。同心さまの舌はねとねとしていて気持ちがいいです」

桃江は風太郎が想像していた以上に、欲情を剥《む》き出しにしてきた。おぼこの癖に、みずから舌を絡みつかせてくる。

風太郎は、その舌を吸い取るように舐めしゃぶり、まさにここぞとばかりに右の乳首を摘まんでやった。

「ぁあんっ」

桃江の上半身がびくんと跳ね上がった。

「乳首は男に弄られたことはないのか」

摘まんだ指に徐々に圧力を加えていく。

「ありませんっ、ぁあぁあ」

そう言うわりに乳首が敏感に反応している。初めての女は、強めにすると痛がるものだ。

「自分で弄っていただろう」

風太郎は左の乳首に唾液を落としながら聞いた。

「ぁあん……はい、ときどき自分で弄っていました。ふはっ」

ぴちゃっと音を立て、涎《よだれ》が左乳首に着地する。キラキラとそこだけ輝いた。女芽《めめ》もくじいていただろう」

「ってことは、おまえさん、弄っていたのは乳豆だけではないだろう。女芽もくじいていただろう」

風太郎はいやらしく迫った。

「女芽など知りません。それはなんですか」

桃江は首を横に振った。

だが、その眼が泳いでいる。

「嘘をつけ。乳豆もお女芽も、弄れば弄るほど大きくなるものだ。桃江、そのほうは大きい。独り触りばかりしておったのだろう」

と、風太郎は腕を伸ばし、御満処の合わせ目のすぐ下にある紅い小豆を人差し指で、ちょんっと押してやった。

「はうっ。んんんんんっ」

桃江が尻を浮かせてよがった。

「そうれみろ。豆を弄ったことのない女子《おなご》がこれほどよがるわけがねぇ」

風太郎はどんどん尖《とが》ってくる肉粒を蜜汁をまぶした指で、転がすように撫でまわした。

「あっ、はうんっ。おとっつぁんが博打に嵌まってからは、芝居見物に行くこともままならず、おまんずりぐらいしか楽しみがなかったんです。嫌なことも、退屈でしょうがないことも、おまんずりをしているとひと時は、何もかも忘れてしまうので、ついつい癖になりました」

それは本音であろう。

それにつけても桃江の口からおまんずりなどという助平極まりない言葉がこぼれ落ちてくるとは思わなかった。

風太郎の淫気はさらに高まった。

下帯の中の剛根が膨張を極め、睾丸《こうがん》が圧迫されて苦しいほどだ。

「まさか御真中口に指を入れたりはしていないだろうな」

女芽を捏《こ》ね回しながら、乳豆を舐めしゃぶりながら肝心なことを訊《き》いた。指入れ遊びまでしていたら、それはもはや未通子《おぼこ》ではなく、りっぱな女だ。

「いいえ。それはないです。指を入れてしまうのは、なんだかもったいない気がして。女子としては、操《みさお》は守らねばと」

桃江が真剣な目つきで言う。なにが操を守らねば、だ。それは来るべく男との挿入のためにとっておきたかったということで、むしろ貪欲《どんよく》というものだ。

「この助平めがっ」

風太郎は人差し指を奔放《ほんぽう》に動かし、桃江の肉粒を潰《つぶ》したり、転がしたり、引っ張ったりした。

少々、腹が立ってきたのだ。

この娘には挿入する前に一度、極限を見させたほうがよさそうだ。それも極めつけの絶頂感を、だ。

生娘がすべて初心《うぶ》いとは思わぬが、これほど貪欲で淫乱の気《け》のある女子ならば、年増同様、腰が抜けるほどの絶頂を思い知らせたほうがよいだろう。

「あうっ、ふはっ、ひゃほっ、んんんっ」

桃江は布団の上でのたうち回った。ところどころで、総身を痙攣《けいれん》させたりする。どうやら小さな絶頂の波には何度か攫《さら》われているようだ。

風太郎が乳豆を甘嚙みし、肉粒転がしをさらに強めると、桃江の顔は真っ赤に膨らみ、鼻孔の開閉が激しくなった。

大波に攫われるまで、もう一息というところだ。

こんな助平な生娘は、安易にはいかせてやらぬ。

風太郎は肉芽の責め方に変化をつけることにした。

包皮を人差し指と親指で摘まみ、剝いたり被せたりしてやる。男の千擦《せんず》りの要領だ。皮を被せ、また剝き出すたびに、女の尖りがどんどん赤く染まっていくようだ。

「あれっ、んはっ。同心さま……。これ、なんだかもどかしいです。せつないです」

桃江は内腿をぴったりくっつけて、激しく擦り合わせ始めた。合わせ目が狭《せば》まり、肉粒が押される。風太郎の指が滑って離れた。

そこで桃江は自分の指を這わせてきた。忙《せわ》しなく女芽を擦っている。早く昇天したくてしょうがないのだ。

「そうはさせぬ」

風太郎が桃江の手首を摑《つか》み払いのける。さらに己の足を使い、桃江の内腿を左右に引き離した。

「あぅううう」

御満処ががばりと開く。白い粘り汁があちこちに付着していた。

「ぁあああぁ。おまんちょ、へっぺ、ぼぼ、まんじゅ」

桃江が意味不明なこと口走った。虚《うつ》ろな視線だ。

一気に極みへと駆け上がろうとしたところの出鼻をくじかれ、放心してしまったようだ。

本当に気を飛ばすのはこれからだ。己が誰だかわからなくなるまでいかせてやる。

「桃江、落ちろっ」

風太郎は桃江の股間に再び両手を差し込み、右手の人差し指と親指で女芽の皮を根元まで剝き、真っ赤に腫《は》れた小豆を、左手の親指で押し潰した。

「あぁあああああああああああああああっ」

桃江は海老《えび》のように背中を反らし狂乱した。左右の内腿がぷるぷると震え、足の指は完全に反っている。

それでも風太郎はさらに押した。恥骨の中に女芽を埋《うず》めるぐらいの気持ちで押してやる。

「うわぁああああああっ。気持ちいいっ。こんなの初めてです」

桃江は秘孔からどろりと白蜜を吐いた。

「まだまだ、だぜ。おめえさんは、軽く昇《い》ったら、そこでやめていただろう。だが男はその程度のいき顔を見ただけでは満足しない。女の顔が蕩《とろ》け切り、本気で喚《わめ》きながら涙をぼろぼろ流す様子を見て、ようやく納得するものだ」

いったん親指を放し、桃江にひと息だけつかせ、また押した。女芽を擦り潰すがごとく、親指を廻しながら押した。

「んんぎゃぁあああ。いぐ、いぐ、いぐうううう」

桃江は汗みどろになって暴れた。その裸体に覆いかぶさり、風太郎はがっしりと抑え込んだ。

手足の動きを抑え込みながら、女芽潰しを繰り返す。桃江は快感をどこにも逃がすことが出来ず、体内にどんどん淫気が溜まり、快感が徐々に苦悶《くもん》に変わり始めたはずだ。

「同心さま、もう無理です。あふっ、このままさねばかり責め立てられたら、桃江は死んでしまいそうです」

桃江の息が絶え絶えになっていた。

「死ねや」

最後に肉芽を思い切りつねってやった。

「あうぅうう」

桃江はとうとう白目を剝いた。そのまま四肢を伸ばして気絶した。

かくいう風太郎も、桃江が飛んだ瞬間に、下帯の中に洩らしていた。気持ちだけで射精したのは久しぶりのことだ。

それだけこの娘の裸体はいやらしく、本性も助平そのものであったからだ。

桃江が絶入《ぜつじゅ》している間に、下帯を解いた。

自慢の太魔羅《ふとまら》がだらりと出た。精汁が抜けた直後なのでしかたがない。

桃江は両脚を広げたまま眠りこけていた。

起きたら、本格的に挿し込むつもりだが、差し当たっては、この裸体の様子を描き留めて置くことにする。

繰り返し見たら、何度でも抜けそうだった。

傍《かたわ》らにあった紙と筆を執《と》り、墨汁で大まかな線を描き上げた。

ちょうどまん処の複雑な構造を写し終えた頃、桃江が目を覚ました。

「同心さま、あたいはどうしたんでしょう。気持ちよすぎて目の前が真っ白になってしまいました」

「本当の絶頂を知ったままでのことよ。女芽昇天《めめいき》というやつだ」

風太郎は絵筆と紙を片付けながら伝えた。

「そうですか。でもなんだか、まだまんちょの穴のほうも疼いてしょうがないんです。こんなに奥が疼くのは初めてですよ。いつもうずうずしてくるのはお女芽のほうばかりなのですが」

桃江が掠れた声で言う。

「気を失うまで昇りつめたことで、孔の奥がようやく目覚めたのさ。これからは、女芽だけではなく、孔も疼くようになる。指を入れないと気がすまなくなるだろうな」

「それで、あたいは気を失っている間に、同心さまに貫通されてしまったのでしょうか」

虚ろな瞳のままそう聞かれた。

「いやいや、俺はそんな野暮天なことはしない。目が覚めたおめえさんにがっつり嵌め込まねえと、交わいを教せえたことにならねぇわさ。それとな、その同心さまっていうのも、やめてくんねえか。俺にも風太郎っていう名があるんでな」

「では、風《ふう》さまと」

「それがいい」

風太郎はそう言い、仰向けに寝ていた桃江の上半身を抱き起こした。

「おまん口に挿《い》れる前に、上の口で男の逸物の状態を確かめるのが賢いやり方だ」

と一度洩らして、いまはなまくら状態になっている肉茎を桃江の顔の前に差し出した。

「ああ、風さま……これを咥えるのですか」

「そうさね。次におまん口の中に挿入するものだと思って口に入れると、その大きさとか特徴がわかるだろう。だから必ず先に肉棒を舐めておいた方がいい」

初めて男を迎え入れる女なのでそう諭《さと》したのだが、桃江はこの先、苦界に落ちて、日に何人もの男を受け容れることになるのだから、よけいに客の肉茎の長短や形状は挿入前にわかっていたほうがよいはずだ。

「はい」

と桃江がおそるおそる亀頭冠を口に含んだ。

「その鈴の裏側に舌を這わせると、すぐに硬くなり出すはずだ」

「はい、あれ、甘酸っぱいです」

舌を這わせながら桃江が首を捻《ひね》っている。下帯で拭《ぬぐ》ったつもりだったが、精汁の残りが付いていたようだ。

「それがしの味だ。男はそれぞれ匂いや味が違う」

風太郎はうっかり射精をごまかした。

桃江はねちゃねちゃと音を立てながら、亀頭の裏側の三角の窪《くぼ》みのあたりを執《しつ》拗《よう》に舐めまわしてきた。

さすがに珍宝《ちんぽ》をしゃぶるのは初めてらしく、風太郎に言われた一点だけを懸命に舐めてくる。

おかげですぐに勃起した。亀頭は釘《くぎ》も打てそうなほどに硬直し、棹は太い筋を幾本も立てて膨張した。

一発出しているので、もはや暴発の不安もない。

「よしっ」

風太郎は桃江の足首をとると、いきなりまん繰り返しにしてやった。さきほど善兵衛と見た春画が頭に残っていたのだ。あそこまで極端ではないが、まん処が天井を向くほど、腰を丸めてやった。漆黒《しっこく》の茂みが逆毛だつ。

「あれれ。これは恥ずかしすぎます。丸見えです」

爪先を乳房のあたりまで押された桃江は、足裏をばたばたと動かし、呆然《ぼうぜん》となった。

亀裂は短く半開きで、中は巻貝のようだ。

けっしてそうではないだろうが、半開きのまん処というのは、どうしても淫乱でだらしのない女を想起させる。

そして感じやすい女のようでもある。

風太郎はその肉裂を指でさらに割り広げた。

愛液の糸を幾筋もひきながら花びらが開く。その花芯に硬い肉の尖端を押し付けた。肉厚の花びらは興奮して熱を帯びている。

「おぉ」

花びらの合わせ目を亀頭で何度もなぞっているうちに、秘孔からさらに熱い液が溢れ出てきた。亀頭に新鮮な液をまぶし、尖端に加えて鰓《えら》も擦りつける。時おり滑ったふりをして肉粒にも剛亀頭を当てる。

「ぁああっ」

桃江が顔をくしゃくしゃにして風太郎の背中に手を回し、しがみついてきた。

ここを頃合いとみた。

剛直の尖端を泡ぶく秘孔へと宛てがった。

「入れるぞ」

くびれた腰を摑み、ずぶっと亀頭を膣穴に割り込ませる。

「あうぅううう」

さすがに狭い。亀頭冠だけをずっぽり挿入したところで、腰を送るのを止《や》めた。

先がまだ窄《すぼ》まっていて進まないのだ。

「少し馴染《なじ》ませるぞ」

膣の入り口付近で、亀頭を前後に動かした。嵩張《かさば》った鰓を揺り動かして、そのあたりを拡張する。

「ひぃいいい」

とろ蜜がたっぷり亀頭にまとわりついているので、無理やり穴を広げているわけでもなく、苦痛は与えていないつもりだが、桃江は恐ろしげに顔を引きつらせた。気持ちがまだ整っていないのだろう。

「心配いらん。おなごの肉路は広がるように出来ている」

少しずつ尖端を前進させた。鰓が中ほどまで侵入した。膣の上の方に腫れ物があるあたりだ。子宮《こつぼ》まではまだ遠く、この先はさらに狭い。

桃江の額ににじり汗が浮いた。

風太郎は腫れ物の下で同じように、何度も亀頭冠を行き来させる。奥の方から、新たなとろ蜜がどんどん湧き上がってきた。

おかげで徐々に亀頭が分け入り、棹の半分以上が膣の中に埋まり始めた。勢い、前後させる幅が大きくなる。

突如、桃江が顔を大きく顰《しか》めた。苦しそうだ。

「どうした。痛いか」

充分潤んでいるし、苦痛は与えていないはずだが、風太郎はとりあえず抽送《ちゅうそう》を止めた。

「いえ、痛くはありません。でもなんだか、しっこが出そうです」

「あっ、それはすまん」

風太郎はすぐに合点がいった。膣の中央から垂れた腫れ物は、潮吹きのつぼだった。熟練の年増女ならば、そこを集中的に責めて、思い切り飛ばさせてやるところだが、初貫通では早すぎる。妙な癖でもついて、やるごとに噴き上げてしまったら、寝小便女として廓では使い物にならなくなる。

「桃江、ならば少し痛いが我慢しろ。全部入ってしまえばしっこはしたくなくなる」

「そうですか。それなら痛くてもかまいません。風さまの顔にしっこをかけたら、お詫《わ》びのしようもありません」

「うむ……」

そういうのが好きな男もいるだろうが、風太郎は顔では受けたくない。ここは一気に難所を突破だ。

まずはいったん腰を跳ね上げた。入り口から亀頭が半分出るまで棹を引き上げる。雁が膣の柔肉をずりずりと逆撫でした。

「ぁあああぁ」

挿れられるのも初めてならば、抜かれるのも初めてのはずで、桃江は目を白黒させている。

風太郎はいったんためを作り、そこからすぱーんと腰を振った。

肉槍《にくやり》が桃江の膣層に怒濤《どとう》の勢いで突っ込んでいく。

「ぁあああっ」

亀頭が膣の半ばを超えた。桃江が歯を食いしばっているのがわかる。ここから先はまだ未通路なので狭い。

だがぬるぬるはしていた。

「んんんんっ」

風太郎は渾身《こんしん》の力を込めて腰を送った。

「あうっ、痛いです」

「じきに極楽がやってくる」

次の瞬間、なにかが弾けたように、強張《こわば》っていた膣肉が広がり、奥から湯蜜が沸き上がってきた。風太郎はいまだとばかりに肉の全長を押し込んだ。

狭い肉路を拡張し、尖端が遂に最奥まで到達した。そこは柔らかだ。

「あぁああああああああああああっ。当たる、風さまの尖端が一番奥に当たりました。お口に入れたときと同じ形と太さが、股の間にぴっちり入ってきました」

桃江は内腿をプルプルと震わせた。

「通った。これで桃江はおぼこではなくなった」

土手と土手がくっつくほどにまでに肉槍を押し込んだ風太郎は、抜き差しをせずに、そのままの状態で桃江の尻を抱きかかえ揺さぶった。

「あれえ、あわわわっ。あおおおっ」

桃江の声の響きが突然変わった。獣のような声だ。

まん繰り返しで、膣中深く貫かれた桃江は、いま女芽と子宮膣部の同時責めを食らっているのである。

「桃江、感じるか？」

「はい、んんんんっ、感じるも何も腰が抜けてしまいそうです。なんですか、これはまた気を失ってしまいそうです」

「よし、もっと揺さぶってやる。それがしの首に手を回し、しっかり抱きつくのだ」

「えっ、何を。あっ、抱きついたら、もっと深く刺さってきました、あうぅうう」

目に涙を浮かべた桃江の尻を風太郎は軽々と抱き上げた。挿入したまま立ち上がったのだ。

腹に荷台を抱えて売り歩く弁当屋のような格好だ。

「ひゃはっ、風さま、何をなさる。怖いです」

「尻の力を抜け。心配ない。それがしが両手でしっかり押さえてやっている」

そう言いながらも風太郎は、支えている手の力を弱める。桃江の尻がずるっと下がった。亀頭がさらに子宮を押し上げた。

「くぅううう」

膣層が歓喜の窄まりをみせ、密着している桃江の身体はさらに熱を帯びた。

風太郎は抱え挿入をしたまま、桃江の尻を揺さぶった。

ゆっさゆっさと揺さぶった。

抜き差しはしない。

この体位での抽送は、体力を消耗《しょうもう》させやすい。そしてそのわりに、快感は薄い、と風太郎は思っている。

ただしこの体位、貫いたまま揺さぶれば、女はひとたまりもなかった。

子宮の入り口の一番感じやすい周辺を亀頭でぐりぐりと押され、土手で女芽が摩擦されるからだ。

亀頭に全体重がかかった子宮をゆっさゆっさ、ゆっさゆっさと揺さぶっていく。

桃江の子宮はこりこりとした感触だった。

「ひゃっはっ。これは感じすぎます。まんちょもお尻も、気持ちよすぎて破裂してしまいそうですよ」

「極楽だろう」

「は、はい。でももう気持ちよすぎます。あっ、あれま、いやっ、んぐっ」

頂点へ向かいだした桃江の呆《ほう》けたような顔を見やりながら、風太郎はいつしか、臀部を揺さぶることに没頭していた。

「ぁあああっ、気持ちよすぎます。あうぅ。いっ、いいっ。いいっ。凄くいいっ。あぁあああああああ」

桃江が泣き叫び始めた。

「風さま、当たるんです。奥にぐりぐり当たるんです。ここがこんなに気持ちいいなんて知りませんでした。あぁあああああ。いぐぅ。気持ちいいっ、いくっ、いく、いくっ。いきますっ、はぁ～ん」

天界へと昇り詰めた桃江は四肢を痙攣させ始めた。肉路も波打っている。

初貫《はつつらぬ》きの女に、その日のうちに絶頂の味を覚えさせるのは男冥利《おとこみょうり》に尽きる。

そして、いま苦界へと旅立とうするこの女に、身をもって伝えておきたいこともある。

「まだ、だ」

極めつけの快感に酔いしれている桃江を布団の上におろした。突き刺したままの風太郎の肉槍も、波打つ膣層に刺激され、ひくついていた。

本手の構えで、ゆっくり抜き差しを始めた。膣袋は粘液まみれになっていて、股間で見え隠れする肉胴に、白い粘り気のある蜜がたっぷり付着していた。

「えっ、すぐやるんですか」

「それがしは、まだ出しておらんっ。これから抜き差しだ」

風太郎は腰を跳ね上げ、絶頂直後で火照《ほて》ったままの肉層に猛烈な出し入れをしてやる。風太郎とて、もう射精したくてたまらないのだ。

桃江の子宮の快感帯を開発し、発情していく様子をつぶさに見ていたことで、充分に淫気が充満していた。

先ほどまで狭くて窮屈だった桃江の肉層が、いまは熟れ切っていた。中がぐちゃぐちゃで温かい。

　ぱん、ずん、へっぺ、ずんちゅ、ぬんちゃ。

　擦り立てるほどに中は柔らかくなり、桃江は熱い汁を飛ばし続けた。

「あひゃ、もうよすぎて腰が抜けそうですよ。もう無理です。あぁあぁあっ、もうしんどいです。ぁあぁあっ、頭がおかしくなりそう。まんちょも溶けちゃいます」

　桃江は先ほど連続して頂点を見ているので、徐々に肉層が痺《しび》れだしているようだ。

「な、先に昇り過ぎると、もたなくなるんだ。客商売をするなら、そこら辺の加減を弁《わきま》えることだ」

　感じることの怖さを知らねば、廓でのお勤めは辛《つら》いものになる。風太郎はそれを伝えたかった。

「客は女が本当に昇天するのを見たがる。そして、それを見たら今度は猛烈に自分が出したくなる。いまのそれがしがそうだ」

　風太郎は擦り立てた。睾丸からどくどくと精汁が上がり、亀頭に溜まり始めている。いよいよ発射だ。

　男は擦らなければ感じない。けれど女は摩擦だけでは中昇《なかい》きは、あまりしない。

女芽を虐《いじ》めるのと同じように、子宮を押し潰してやることだ。

「ぁあ、風さま、どうぞ出してください。早くっ、早くどばっと」

桃江も懸命に打ち返してきた。早く終わりにしたいのだ。桃江の腰はすでにがくがくと痙攣を起こしている。

「おまえももう一回、昇《い》けっ」

「そんなっ、あたい、死んでしまいます」

風太郎は腰を跳ね上げた。鰓が膣肉を逆撫でし、棹全体に灼熱《しゃくねつ》の快感が走る。出そうだ。

「一回死ねっ」

風太郎は、どーんと亀頭を子宮に叩き込んだ。その刹那《せつな》、切っ先が開き、男汁が迸った。

そのまま子宮に全体重をかける。じゅっ、じゅっと子宮にしぶきながら、擦りつける。

「あいやぁ。一番奥が気持ちいいいいっ」

桃江は口から泡を噴き上げた。

そのまま重なり合い、ふたりそろって荒い息を吐き続けた。

四半刻ほど裸で抱き合い、風太郎はようやく起き上がった。久しぶりの大射精だったと満足した。

射精にも大中小あると思っている。出る量ではない。満足感の差異である。桃江を仕込むという大義名分が、風太郎をいつになく夢中にさせた。おかげで身体中の筋が攣《つ》れて痛むが、桃江に愛《いと》しさも感じた。

「風さまの言うことがよくわかりました。あちらに行ったら、決して昇天しないようにします。それが大門の向こう側に生きる女の術《すべ》かと」

「それがわかれば、やっていける。男は擦らせろ。突いてきたら腰を退くのだぞ」

まるで妹にでもいう調子で、風太郎は桃江を諭した。

「そして今生で、思いの丈《たけ》を風さまにぶつけることが出来ました。ありがとうございます。もうあたしは生涯、おまんちょで昇天することはないでしょう。風さまとのこの一回が最初で最後の大往生《だいおうじょう》でした」

桃江が涙目でしがみついてきた。なんと愛おしいことであろう。風太郎はしっかりと抱いてやった。

「苦界で落ち着き先が決まったら、この春風堂の主人《あるじ》宛に文《ふみ》を寄こせ。必ず抱きに行く」

「でも、そのときはすでに廓の女。情は差し上げませんよ」

桃江が無理やり真顔を作った。

「その意気だ。こっちも大枚払って上がるんだ。いくら腰を退いても、ひいひい言わしてやるわ」

風太郎は笑った。

桃江が胸に身体を預けてきた。桃江の身体には、まだ発情の甘い匂いが残っていた。

ここで終わりにしていい男を気取るべきか。はたまた本能に任せて、もう一発やるべきか。

さあて、ここは思案のしどころだ。

三

翌朝、数寄屋橋《すきやばし》御門内の南町奉行所に出ると、風太郎はいきなり年番方《ねんばんかた》与力の松方弘之進《まつかたひろのしん》に呼び出された。

「真木、これはまずいよなぁ」

松方の執務部屋でいきなり春画を見せられた。同心部屋の自分の文箱に隠し持っていたものに違いなかった。

「はぁ」

風太郎としては頭を掻くしかなかった。

「これ、おめえさんが描いたんだってな」

年番方与力にぎろりと睨まれた。

「模写でございます」

「なにをしゃらんと言っておる。おぬし、このような絵を同心たちに配っているそうではないか。けしからんっ」

松方が厳然《げんぜん》と言い放った。

「ははあ」

風太郎は平伏するほかになかった。

一度見せたら、やたら同輩たちが欲しがるので、模写や創作春画を、くれてやっていたのだ。

「こっちはさらにまずい」

松方が懐《ふところ》からもう一枚抜き出し、畳の上に広げた。行水する女が、盥《たらい》の中で女芽を弄っている図である。

「あっ」

風太郎は腰を抜かした。

「この絵は、吟味方与力《ぎんみかた》、上田正信《うえだまさのぶ》様のご息女、お美香《みか》さんではないか。お主の筆だそうだな」

「いえ、決してそうではありませぬ」

必死に首を振った。

いや実はそうなのである。

今年二十歳になったばかりの美貌《びぼう》の娘、お美香を想像して描いたものである。八丁堀《はっちょうぼり》の組屋敷内ではお美香が通るたびに、独り者の与力や同心はどよめくのである。

中でも同輩の松重豊吉《まつしげとよきち》が強く入れ込んでおり、さりとて声をかける度胸もなく、せめて手すさびの種にと、風太郎にお美香の顔を使った春画を頼んできたのである。豊吉は風烈《ふうれつ》見廻り方同心である。これは強風防御の見廻りである。定橋掛同様地味な役である。

お互い同心の花形である三廻りとは縁遠い立場なので気が合った。悪所通いの友でもある。

絵は、お美香に顔は似せてあるが首から下は妄想だけで描き、一朱で売ったのは確かだ。豊吉めが落としたか。

「今日をもって、定橋掛の任を解く」

「えっ？」

さすがに動揺し顔を上げた。

同心職は建前上は一代限りだが、事実上の世襲である。お役目も世襲であった。それを解かれるとはよほどのこと。

「真木、おめえさん、しかも日頃から悪所通いばかりしているとの噂《うわさ》がしきりだ」

「いや、さほど通っているつもりはございませんが」

今度は必死に抗弁した。召し放ちとなれば、いきなり浪々の身となる。

「嘘をつけ。調べはついておる。定橋掛の職は解く」

松方が吟味方のような鋭い口調になった。

「あっ、はいっ」

風太郎は唇を噛んだ。よもや春画を描いただけで首になるとは思っていなかった。せいぜい減俸。お役差し止めひと月が妥当であろう。

真木家は代々、定橋掛同心の職にあり、組屋敷にそれなりの家を与えられていた。両親は葛飾《かつしか》で隠居暮らし、姉は大身《たいしん》の商家に嫁ぎ、妹は大奥勤めに出ているので、風太郎は冠木門《かぶきもん》付きの六部屋の同心屋敷でのうのうと暮らしていた。御家人屋敷とはえ九十坪の土地の中には貸家も建ててあり、いまは金創医《きんそうい》に貸してある。この賃料が扶持《ふち》よりも多かった。

だが同心の職を解かれるということは、組屋敷にもいられなくなるということだ。風太郎は子供もいないので、お家も断絶となってしまう。

「大きなしくじりとなりました。面目《めんぼく》ない」

がっくりと首を下げ、うなだれるしかなかった。

「真木、がっかりするな。表向きのことじゃ。家は末期養子《まつごようし》で賄《まかな》え。そなたと松重は裏同心となることを命じる」

松方の顔に笑みが浮かぶ。

「裏同心とは」

「おぬしにぴったりの役を仰《おお》せつける。明日より風紀紊乱《ふうきびんらん》改め方を命じる」

松方がお美香の行水の絵をびりびりと破きながら言った。

「えっ」

それは役方である同心というよりも、火盗改め方のような番方の役目ではないか。しかも松方はいま裏同心と言った。

風太郎はこの任命になにやら不気味な匂いを嗅《か》ぎ取っていた。

裏同心は、三廻りのひとつ隠密廻り同心とも異なる。隠密同心はせいぜい二十日ほどの間、変装をして怪しい者を尾行したり、その周辺を探索する役目であるが、裏同心となれば、生涯市中に放り出されてしまうのだ。

やっぱりこれは懲罰人事のようだ。吟味方与力の娘のおまん処の絵など描いてしまったからだ。

「正月に、老中首座、水野忠邦様がじきじきに綱紀粛正《こうきしゆくせい》を命じられた。奉行所としても、これに応えるために風紀紊乱改め方を新設することになったのだ。真木と松重にその役を担ってもらう」

「はああ」

やはり豊吉も飛ばされたか。

「このお役目、本来は三廻りの中から選抜するのが筋だが、将来ある有能な同心が悪所通いで身を持ち崩しては、奉行所の損失となる。それがしは人選に懊悩《おうのう》した」

松方はそこで咳払《せきばら》いをした。

「すると御奉行が、この度の役は助平な者ほど適任であろうと申された。それでそれがしが所内の助平な者は誰かと探っていたところ、おぬしと松重が最たる好き者と評判であった。そこで、隠密廻りにその方らの行状を調べさせた。まことにそのようじゃのう。持ってこいのお役目ではないか」

松方は扇子《せんす》で膝を叩いた。

「なんとお答えしたらよいのやら」

風太郎はただただ頭を掻くしかなかった。

「家督《かとく》は、誰か適当なお身内に譲られい。それで真木家は安泰であろう」

「ではそれがしはどこに住むことに」

「根岸《ねぎし》に小さいが風流な屋敷を用意した。絵師とでも名乗れ。似顔絵は得意であろう」

「はい」

「素性《すじよう》はどこぞの大名の落とし胤《だね》との噂を流しておく。金に困らぬ遊び人と称すれば、悪所でも顔になれるだろう」

「いかにも。して松重のほうは、どんなふうに」

同輩の処遇も気になるところだ。

「士分を捨てた破落戸《ごろつき》になってもらう。それはそれでさまざまな間諜《かんちょう》が出来るだろう」

松方が与力部屋の方に目をやりながら言った。吟味方与力上田正信が、いまも執務中のはずだ。

その娘のお美香のおまん処の想像図などを描かせた豊吉のほうが、さらにきつい役目を言い渡されたというわけだ。

「相わかりました」

風太郎は納得して、再び平伏した。

「まずは市内の悪所を回り、その実態の探索を命じる。すぐに捕縛《ほばく》せずともよい。どのような仕組みになっているのかを調べるのじゃ。女郎、湯女《ゆな》、飯盛り女を引っ張っても解決にはならない。それを操《あやつ》っている者を叩く。そしてそれは定廻りの役目となる」

松方が淡々と言った。目立つ手柄は定廻り同心に回せよ、ということだ。

「しかと承りました」

もはや腹を括《くく》るほかあるまい。

「死して屍《しかばね》拾うものなし。それが裏同心というものだ。真木、命を落とすではないぞ。なあに、五十になれば引退させてやる。その際の褒美《ほうび》も大きい」

そんな先の褒美の話をされても、嬉《うれ》しくない。

「悪所成敗《せいばい》のため、身を賭《と》して働きまする」

明日から見廻る相手は木橋ではなく女ということになる。心躍ると同時に、淫場を潰す役目とは、切ない気分でもあった。

「松方様、あのお美香さんは、絵のことはご存じではないですよね」

この場を辞去する前に、いちおう確認した。

「当たり前だ。お美香さんはもとより、上田様にこのことが露見すれば、本当に召し放ちになるぞ。二度とこのようなものを描くな。また他にも思い当たる節があるならば、早々に処分しておくことだ」

「ははあ。しかと心得まする」

実はこの松方弘之進の一番下の妹、綾瀬《あやせ》が茶臼《ちゃうす》で嵌めている絵も描いていた。

さっさと屋敷に戻り、燃やしてしまわねばなるまい。

第二幕　淫ら湯

一

五月晴《さつきば》れのその朝、風太郎は亀甲柄《きっこうがら》の大島紬《おおしまつむぎ》に茶の兵児帯《へこおび》という、渋い遊び人風の出で立ちで、葺屋町《ふきやちょう》の『弥生湯《やよいゆ》』に向かった。

女湯の客が湯屋で客を取っているという。

その噂《うわさ》を聞き込んできたのは春風堂の主人《あるじ》善兵衛だ。

地本《じほん》問屋の寄合席で、何人かの版元の主人が湯屋で色を売る女に出会ったと面白おかしく話していたそうだ。

それは風紀紊乱《ふうきびんらん》の元凶である。

だが、そのからくりを調べるには、まず現場を押さえねば始まらない。風太郎は急いだ。

もとより湯屋は、男女が裸で出会う場であるため色事と結びつきやすい。

徳川幕府の黎明期《れいめいき》には、江戸市中には浮世風呂と称する湯女《ゆな》を置く風呂屋が多く存在していたという。

江戸城大普請《だいふしん》や武家屋敷の整備のために諸国から集められた人足たちは、ここでひと風呂浴びると同時に色欲を満たしていたわけだ。

人足たちの活力を引き出すために、食と色は欠かせない。

幕府は浮世風呂の存在を黙認した。

元和《げんな》三年（一六一七）。

さらに幕府は日本橋葭原《にほんばしよしわら》に遊廓の開設を許し、市中に点在する遊女屋をここに集めることにした。悪所はほうぼうにあるよりもまとまっていた方がいいからだ。

いまは芝居小屋が並ぶこのあたりも、当時は葭が生える原っぱだったそうで、葭原と呼ばれていたが、縁起を担いで葭を吉と変えたのだそうだ。

これが吉原遊廓の起源だ。

また遊廓の公許と引き換えに冥加金《みょうがきん》を課すことにもした。江戸の町づくり、とくに社寺の建設の費用に充てたのだ。

だが公許の遊廓が開設されても、女を置く湯屋は後を絶たず、吉原の商売敵《がたき》として対立を深めていくことになる。

明暦《めいれき》二年（一六五六）。

幕府はついに浮世風呂の廃止を断行する。

同時に吉原遊廓の浅草田圃《あさくさたんぼ》への移転も決定し、江戸市中の中心部から悪所を一《いっ》掃《そう》することにした。

三十九年前には野原だった日本橋葭原もその頃は、江戸一番の繁華街となり、ここに遊廓があることは憚《はばか》られたわけだ。

幕府としては冥加金を倍増したい思いもあった。浅草田圃の広大な土地で元吉原の数倍の遊廓を建てると冥加金も一気に増える。

社寺の修繕、運営に掛かる金をこれで賄《まかな》えれば財政は安定し、ひいては幕府の社寺支配も思うままになるというわけだ。

かくしていまも栄華を極める新吉原の誕生となり、元吉原の跡地は堺町《さかいちょう》、葺屋町として芝居町になった。

新吉原開基で、江戸の中心部での風紀紊乱はいったん収まった。

いまから百八十四年前のことである。

この時以来、幕府は湯屋が春を売ることは一切禁止している。

女子供もやってくる湯屋は健全な場でなければならないとした。

だが人の色欲は、法度《はっと》で抑え切れるものではない。

そもそもが混浴である。男も女も相手の裸を見れば、その気も増すというものだ。

これを取り締まるのは容易ではない。

とはいえ、役目とあらば調べぬわけにもいくまい。

風太郎はさっそく弥生湯へ通い始めた。

夜半や夕刻、午後などそれぞれ刻《とき》を変えて覗《のぞ》きにいったが、湯女がいる気配はなかった。

ただし、二階の浴後にくつろぐための座敷では、あきらかに色を売りにきている女を時おり見かけた。

素人《しろうと》娘や年増《としま》を装った玄人《くろうと》が、二階のくつろぎ場でさりげなく色目を使うのだ。

噂を聞いてやってきた客の多くは、誰がどう伝授したのかわからないが、決してその場では交渉せず、初めから知り合いだった体《てい》を装い、湯屋から待合へと移動するというやり方だった。

面倒くさい。

風太郎は単純にそう思った。

これでは客同士の色恋だと、しらを切られたらそれまでなのだ。定廻り同心を踏み込ませられる状況ではない。

途方に暮れていたが、禍福《かふく》はあざなえる縄のごとしである。風太郎は昨日、ある女を尾行したことから、ようやく手掛かりを得た。

女の名は珠代《たまよ》。年の頃は三十だ。

珠代が二階の座敷の隅で近所の古老と将棋を指していた大工の与三次《よさんじ》に言い寄っているのをみかけたのが始まりだった。

当人は横山町《よこやまちょう》の乾物屋の娘で『行かず後家なのよ』と笑っていたが、その表情は婀娜《あだ》っぽく、およそ素人には見えなかった。

それで風太郎はこの女に目を付けた。

与三次の方は二十五、六。鼻筋の通ったたいい男だ。

「あたしゃ、将棋はとんとわからなくてねぇ」

珠代はそう話しかけながら将棋盤を覗き込むふりをして、与三次にもたれかかっていく。

湯上がりのくつろぎの座敷とあって、男も女も着ているのは浴衣《ゆかた》一枚だけだ。身体の動かし方によっては、日頃は見せてはならないところまで丸見えになる。女は乳房や陰毛がちらつき、男も胡坐《あぐら》を掻いた股間から棹《さお》がにょっきり顔を出していることもある。

与三次にもたれかかった珠代もすでに胸襟《むなえり》が乱れており、時おり桜色の乳首を覗かせていた。

これには与三次もいちころで、すぐに珠代の腰に手を回し、尻の割れ目の間に盛んに指を這わせ始めた。

対局している仁作《にさく》も、顔こそ将棋盤に向けていたが、視線は何度も珠代の膝の間へと行き来していた。

珠代も珠代で、仁作爺さんにも、時おり膝頭《ひざがしら》を開いて陰毛やまん処の秘裂を見せるという念の入れようだ。

与三次に袖《そで》にされたら、すぐに仁作に切り替える魂胆《こんたん》なのだ。

果たして与三次は将棋の勝負どころではなくなり、負けましたとあっさり盤に二十文を置き立ち上がった。

「河岸《かし》を変えて一杯やろうじゃねぇか」

「はい、兄さんとならどこまでも」
ふたりは互いの身体をまさぐり合いながら、階下へと降りていった。
風太郎は追った。
ふたりは久松町《ひさまつちょう》の待合茶屋へとしけこんだ。
待つこと一刻。
珠代だけが出てきた。ことを終え、与三次はまだ寝ているのだろう。
乱れ髪を直しながら歩く珠代をさらに追う。
肉を交えた直後の女の淫臭が、夜風に乗って漂ってくる。
珠代が帰った場所はなんと横山町の乾物屋『大見屋《おおみや》』の前であった。
湯屋で話していた素性《すじょう》通りだ。
「おとっつぁん。あたいだよ」
珠代が声をかけると板戸が開いた。
本当にここの娘だったわけだ。
風太郎は驚いた。
——ということは、玄人ではなくただの淫乱年増だったということか。
首を捻《ひね》るばかりであった。

通りの反対側に煮売りの屋台が出ていた。四文屋《しもんや》だ。聞き込んでみることにする。

「大将、あそこの乾物屋は繁盛《はんじょう》しているのかい」

「なんだい出し抜けに」

額に捩《ねじ》り鉢巻き、首から油じみた手拭《てぬぐ》いをぶら提げた四文屋の親父《おやじ》が訝《いぶか》しげな表情で睨《にら》みつけてきた。

「いやいや、おいらは口入れ屋なんだが、うちに縁ある旗本家の奥方が、あそこの娘をたいそう気に入ってね。女中に頼めないかと聞いてきたので、素性を調べておこうと思ってね。手癖の悪い女なンかじゃなかったら、頼みに行ってみようかと思ってさ」

と、風太郎は一朱銀を一枚、縁台に載せた。

とたんに親父の表情が和らいだ。

「珠代ちゃんが、奉公に上がるのは無理だろう。嫁にもいかず、独り身の親父さんの世話をしているんだ。奉公になど出られないだろうよ」

意外によい評判だった。

「そうなのかい。ということは母親は、いないんだね」

大将がさりげなく出してくれた煮豆と煮魚を摘《つ》まみながら聞く。

「あっしがここに立つようになったのは三年前からだが、そのころすでにおかみさんは先立ったと言っていたね。五郎《ごろう》さんが寂しがるといって珠代ちゃんは嫁に行かないいんだ。いずれ婿《むこ》を取って店を継ぐんじゃゃないかね」

父親の名は五郎というらしい。

「そうかい。そんな事情じゃ、無理に上がらせるっていうのもなんだよな。ここは奥方に諦《あきら》めてもらうしかない」

風太郎は襤褸《ぼろ》が出ないうちに話を切り上げた。

四半刻もしないうちに、大見屋の板戸を叩く男が現れた。浴衣を片肌脱ぎにしているあまり人相のよくない男だ。

「あれは誰だい」

「さあね。ときどき見かけるがわからねぇ。みかじめを求めるたかりだろうよ」

四文屋の親父も極道風の男を睨んだ。

「ありがとよ。煮豆も魚もうまかった」

風太郎は立ち上がり、大見屋の方へゆっくり歩いた。

大見屋の板戸が開き、五郎らしき男が顔を出した。髷《まげ》は白く皺《しわ》の多い顔だ。

「銭が入っただろう」

と片肌脱ぎの男が手を出した。

「へい。今夜は二朱でさぁ」

五郎があたりを見回しながら金を渡している。

「まだ、全然足りねぇ。明日は朝もやってもらう。明けたらすぐに弥生湯へ出るように珠代に言っておけよ」

五郎は黙って頷《うなず》いた。

男は金を袖に入れるとすぐに踵《きびす》を返し、明石町《あかしちょう》のほうへと早足で消えていった。

風太郎は追おうかとも思ったが、通りに人出はなく、あまりにもあからさまなので見送ることにした。

珠代を押さえたら、たどり着ける相手である。

二

弥生湯には何度も来ているが、朝湯は初めてだった。

珠代はもう来ているだろうか。風太郎の胸はざわついた。

一番風呂はもっと混んでいると思いきや、案外空いていた。よくよく考えればこの刻限にのんびり湯に浸かっていられる者は、限られている。

隠居か遊び人だ。

長屋のかみさん連中も朝餉《あさげ》の支度に忙しく、奉公人や職人はすでに店に向かっているころだ。

脱衣所にはまだ誰もいなかった。女の姿もない。

弥生湯は昼前に限って男女の湯が分かれている。

寛政の改革以来、幕府は風俗の乱れをただすべく、たびたび混浴禁止令を出しているが、それを守る湯屋はない。仕切ると女湯ばかりが混み合ってしまうのだ。

建前として女の客の少ない早朝から昼までを仕切板を使って区別している湯屋もままある。弥生湯がそうだった。

珠代はいずれ二階の座敷に来ることだろう。

「お客さん、いまはひとりですし、手拭いを一本買いませんか」

番台の湯屋番からそんな声がかかった。

見るとそこに座っているのは、いつもの爺さんではなく、昨夜大見屋にやってきた破落戸《ごろつき》風の男であった。

客が少ないので売り上げを増やそうというのだろうか。

「いいよ。こちとら遊び人だ。景気づけに一本もらおう。で、いくらだい」

風太郎は巾着《きんちゃく》を探った。

「一朱（約六千五百円）で」

男がにやりと笑う。

「えっ」

「安いもんですぜ。湯船で楽しんでくださいな」

訳ありの顔をしている。ぼっている顔でもない。ここに何か色売りの仕掛けがありそうだ。

「そうかい。なんだか、楽しそうだな」

風太郎は金を置き手拭いを受け取った。白地に一本赤い線のついた手拭いだった。

さっさと着物を脱ぎ、赤い線の入った手拭いを肩から下げて石榴口《ざくろぐち》を潜る。

濛々《もうもう》とした湯煙がたっている。

靄《もや》の中を進むあんばいで、しずしずと浴槽の前へ進み、手桶《ておけ》で身体に湯をかけた。

「冷え者でござい」

湯船に向かって一声かける。

誰もいないとは聞いているが、一声かけるのが湯に入るときの礼儀である。町の者なら必ず何か声をかけてから入る。無言で入るのは田舎者だけだ。

当然、湯煙の中から返事はなかった。

風太郎は湯船に足を入れた。

「っちっち」

一番風呂とあって熱い。一歩も進めないほど熱い。手拭いを頭に巻いた。

「ふぅう」

思わず唸《うな》りながら、ここは我慢とばかりに徐々に腰を下ろし肩まで浸かる。

「あああぁ」

身体がぐっと温まってくる。

じきに身体が湯温に慣れ、手足を伸ばせるようになった。

役宅の内風呂よりも広い湯屋の風呂の方が好きだ。

女の肉路以外は何事も広いのがよい。

背後の板壁に背を付けて思い切り足を伸ばした。湯の中で陰茎がゆらゆら揺れているのが透けて見えた。

　両手を挙げるとさらに気持ちがいい。都々逸《どどいつ》のひとつも唸ってみたくなる気分だ。

　べべんべん。ついつい口三味線《くちじやみせん》をする。続けて一節唸る。

〽惚《ほ》れて通えばぁ〜、千里も一里ぃと、んんがっ、逢えんで帰ればまた一里い。

　勝手に抑揚をつけて謡《うた》う。息を吐く勢いで湯煙が揺れた。

　だがどうも上手《うま》くない。風太郎の声は細く甲高《かんだか》いのだ。都々逸は声が野太い者の方がうまく聞こえる。詩吟《しぎん》などの心得があればよいのだが、そちらを嗜《たしな》んだことはない。

　与力や同心が暮らす八丁堀の組屋敷では、詩吟などを口にすれば、たちまちその筋に明るい老人たちがやってきて、長々と講釈を垂れられることになる。御家人風情《ふぜい》は囲碁《いご》、茶道、詩吟には迂闊《うかつ》に手を出さないことだ。

　が、遊び人にとって都々逸は粋《いき》を気取る小道具のひとつだ。着物の裏地や根付けに凝《こ》るようなもので、喉も鍛えるに越したことはない。

「はぁああああ」

誰もいないのをよいことに風太郎は声を張り上げた。

〽米の高いときぃ〜、双子を産んで、あ〜どっこい、お米、お高と名を付けたぁさぁ。

〽惚れさせぇ〜上手の癖にぃ〜、あきらめさせるの下手な方ぁ、ああんっと、俺のことかいなぁ。

抑揚をつけながら連発した。

どうもだめだ。

とても誰かに聞かせられる喉ではない。風太郎は手持ち無沙汰《ぶさた》になり、両手で棹と皺玉を握った。

ふと吉原に行った桃江のことを思い出した。ひと月前に、みずからの手で女に導いた娘のことがなかなか忘れられない。

思えば一途《いちず》な女だった。

いまは江戸町《えどちょう》二丁目の艶乃家《つやのや》で鶴巻として駆け出しの女郎になったと、春風堂に便りがあった。

すぐに会いに行こうかと思ったが、文《ふみ》には吉原《なか》の女になり切るまでは来てくれるな、と書いてあったので踏みとどまっている。

必死に表の暮らしへの思いを断ち切ろうとしている女を邪魔立てするのは野暮天のやることだ。

梅雨《つゆ》が開ける頃にでも出向いて、こんどはこっちが玄人の腕に翻弄《ほんろう》されてみたいものだ。

艶乃家の鶴巻か。

いずれ三浦屋《みうらや》の揚巻《あげまき》のように芝居になるほどの人気者になってくれたらいい。

その女を初めて貫いたのは己《おのれ》だという密かな自惚《うぬぼ》れに浸れるではないか。

桃江との房事を思い出していたら、魔羅《まら》がずんと屹立《きつりつ》した。こうなると擦《こす》りたくなるものだ。

左手でふぐりを揉《も》み、右手で棹を握って上下させた。誰もいないので好き放題だ。時々右手の手のひらで亀頭を包むようにして揉む。

いい気持ちだ。桃江の中とろのような秘裂を思い浮かべて弄《いじ》っていると、棹はどんどん波打ってきた。

この新鮮な湯の中にぜひ吐精してみたいものだ。

風太郎は目を瞑《つぶ》って自擦りに没頭《しご》した。

気持ちがいい。ずりずりと扱く。

出そうだ。

そう思ったときに、突如女の声がした。

「ちょっとお兄さん。赤線手拭いを頭に載せて、自擦りはないでしょう。女を虚《こ》仮《け》にする気かい」

驚いて声の方を向くと、女湯との仕切り板のほうから珠代が現れた。

仕切り板は引き戸になっていて、珠代は一瞬のうちに開けて入ってきたようだ。

三

「そういう仕掛けだったのかよ」

風太郎は手すさびを止《や》めた。

「やる前に抜いておこうなんて、けち臭い男だねぇ」

湯に入り、すっと真横に寄ってきた珠代が、怒気を含んだ眼で言う。商売女にしてみれば、二発目はなかなか出ないので手間がかかると言いたいのだろう。

珠代の顔は、夕べ父親に見せた穏やかなものとは打って変わり、婀娜っぽい湯女のものになっていた。少々険《けん》がある顔だ。

「そんなつもりはねえが、確かに面目《めんぼく》ねぇ。だが、寸前で止めたんで、おめえさん、逆にあっという間に終わらせることが出来るぜ」

風太郎は膨《ふく》れ上がった剛根《ごうこん》を揺さぶってみせた。実は風太郎、射精を自在に調整できる特技を持っている。

常日頃より艶本《えんぽん》を眺めながら自擦りしていたせいで、ここぞの瞬間まで持ちこたえられる技が身についてしまったようだ。

もちろんそんなことは、言わぬが花だ。

「それなら楽をさせてもらうよ。一回出たらお終《しま》いだけと、それは兄さんの自業自得だからね」

「ぁあ、もう一発やりたくなったら、手拭いを買い直すさ」

「それは豪気だね。兄さん、どこの人だね」

「根岸さ」

「あらま、若隠居かい」

「そんなようなもんだ」

言いながら珠代の腰を抱く。湯の中なので珠代の尻は容易《たやす》く浮いた。子供に小水させるような格好で、風太郎の膝の上に乗ってくる。

「ぁあっ、でっかい魔羅だこと」

珠代もさすがは玄人で、手を使わずに股間をちょいちょい動かすだけで、亀頭を女孔の位置にきちんと合わせている。

「三擦りぐらいで出ちまいそうだから、ゆっくり入れてくれないか」

「あいよ。兄さん、何やっている人なのよ」

珠代が尻を二寸ほど下げながら、聞いてきた。根岸の若隠居と聞き、俄然《がぜん》興味を持ったようだ。

「絵師ってことにしているが、それで食えているわけじゃねぇ。家督《かとく》を継がない代わりに金をあてがわれている。まるで妾《めかけ》のような暮らしさね」

金蔓《かねづる》になりそうな気配を漂わせてやる。

「それはたいした家に生まれたんだねぇ」

珠代がさらに尻を落とし、亀頭冠を股に飲み込んだ。まだそこまでだ。

「おっ、姐《ねえ》さん、狭いね。これじゃ、ひと擦りで噴き上げてしまいそうだ」

風太郎、おだてることを決して忘れない。

「なんだかもったいないねぇ。兄さん、一回出しちまいなよ。あたい、黙っているよ。そのまま抜かずにもう一発やったらいいいんだよ。番台からここが見えるわけじゃないし。新たに手拭いを買うこたぁないさ」

脱衣所の方に顎《あご》をしゃくりながら珠代が言った。雇い主よりも風太郎に色目を使った方が金になると踏んだようである。

「そいつはいいや」

風太郎はぐっと棹を突き上げた。下から上へと珠代の身体を田楽刺《でんがくざ》しにする。

「ひっ、おっきい」

珠代は喘《あえ》ぎ声をあげながらも、玄人らしく蜜壺を窄《すぼ》め、ざらつく膣肉を波打たせて亀頭や棹を責め立ててくる。

たいした技量だ。

常人であれば、いまの風太郎のように自擦りで淫気が高まっていなくとも、あっという間に汁を噴きこぼしてしまうだろう。

ところがどっこいである。

風太郎は、果てるどころか猛然と擦り立ててやる。

ずちゅ、ずちゅ、ずんずん。

珠代の双乳を揉みしだきながら、紅唇に黒々とした剛根を思い切り出没させた。

湯面が激しく揺れ、飛沫《しぶき》があった。

「なによ、兄さん。全然出ないじゃないの。っていうか、あっ、そんなにまん奥をがん突きされたら、こっちが気を遣《や》っちまうじゃないか。はぅうう」

珠代は身を震わせ始めた。不意を突かれたせいで、心構えが出来ておらず、いっぺんに昇り詰めてしまいそうになっているのである。

「なら、止めてやる。玄人に恥をかかせちゃなんねえしな」

と、突き上げを止め、乳房からも手を放す。

「えっ、なんだい。そこまでやっておいて、寸止めとはひどいじゃないか」

「気を遣ったら仕事にならなくなるんじゃないのかい」

風太郎は珠代の耳朶《みみたぶ》を舐めながら、囁《ささや》いた。両手を股間に伸ばし、女芽《めめ》の鞘《さや》をそっと捲《めく》ってやる。女の尖《とが》りが湯の中で剝《む》き出しになった。

「な、なにをするんだいっ」

「姐さんにも俺の独り触りの妙技を教えてやるよ」

皮鞘の上げ下げで陰核を摩擦してやる。微妙な刺激はよけいに女を狂わせる。

風太郎の性技はもっぱら春画や艶本から得たものだが、覚えた技は必ず女郎に試していたので腕にはそこそこ自信がある。

「あっ、はうっ。何だい、兄さん女用の陰間《かげま》だね。どこの女衒《ぜげん》から頼まれたんだい。引き抜きはご法度だよ。あうっ、いいっ」

珠代が勝手に勘違いしている。

風太郎はこれに乗ることにした。

「ばれたらしょうがねぇ。揉め事は起こしたくねぇんだ。黙っていてくれよ。口止め料は一両だ。今すぐ渡すぜ」

風太郎は女芽を人差し指の腹で転がしながらそう囁いた。

「あうっ。ちょっと待って。ほんとにそんな大金もってきているのかい」

珠代に腕を摑《つか》まれた。乗ってきたようだ。

「嘘じゃねぇ。何ならおめえさんが取りに行って来いよ」

肉の尖りで花芯を擦りながら伝えた。

「ばかを言っちゃいけないよ。そんなことをしたら仙太《せんた》にばれちまうじゃないか。金をとられた上に、ふたりとも折檻《せっかん》にあうよ」

そう言う珠代も腰を振り出した。肉陸全体を亀頭に擦りつけてくる。

「なら、出たら必ず渡すさ。番台で番をしているのは仙太っていうのかい。どこの一家だよ」

頃合いと見て風太郎はぬるっと、尖端をまんの口に差し込んだ。躊躇《ためら》わずに奥まで突っ込んでやる。

「あうっ。いいっ。仙太は鷲山《わしやま》一家の若衆だよ」

鷲山一家は日本橋界隈《かいわい》を縄張りとする博徒一家だ。寺や旗本屋敷で盆をあけているが、定廻り同心たちにもたっぷり袖の下を握らせているので、摘発を逃れている。だが風太郎は、

「へぇ。博徒が女も扱うのかい」

と聞いた。

博徒は女衒の一家の領域には踏み込まないはずだ。打つと買うで極道の連中も棲《す》み分けているはずだ。

「そんなことはあたしは知らないね……」

そういう珠代が、瞬頬をヒクつかせた。

——なにか知っている。

風太郎はそう読んだ。

挿入したまま珠代の身体を半回転させる。

「あうっ、まんちょが抉《えぐ》れるっ。いいっ」

対面座位になった。風太郎はご法度であるはずの接吻《せっぷん》をした。

「あっ、うにゅ、なにすんのさ」

慌てる珠代に舌を絡みつかせ、唾液を流し込む。

「一回こっきりさ。本気《まじ》で嵌《は》めてぇよ」

「陰間がなにさ。あたいを落とそうっていうのかい」

「そんな気はさらさらねぇ。一両払ったら消える。いい女を落とせなかったんだ。潔《いさぎよ》く消えるさ」

風太郎は先ほどとは調子を変えて、丁寧な抽送《ちゅうそう》にした。乳房も優しく揉み、そっと乳首を口に含んだ。

「なによ。いい女って、口説《くど》き文句かい。あっ、そんなに優しくつかないでよ。もっとめちゃくちゃにやってよ。早く出したいんでしょう」

珠代は怒りだした。風太郎はそれを照れ隠しだと見抜く。

「乱暴にされるのは客だけでいいだろう」

いつくしむように珠代の頬を撫《な》でてやる。

「あんただって、金を払ってんだ。客だろうさ。女郎を好き勝手にすればいいさ。ああ、やめてくんなよ、そんなに優しい撫で方しないでおくれ」

「客だがご同業だ。女をいたぶったりするもんか。大事な身体だ。大切に扱って当たり前だろう」

額も撫で、薄い唇に舌を這わせる。

「あぁ、そんなふうにされたらあたい、泣いちゃうよ。玄人の女を泣かせてどうするんだい」

「どうもしねぇさ。姐さんの人生だ。立ち入る気なんかないさ。だけど、いい女だよ、姐さんは」

すっと唇を重ねた。珠代の方も舌を絡ませてくる。

「ぁあああ」

珠代の瞳から一筋の涙がこぼれ落ちた。

「いいんだ、いいんだ。泣きやがれ。誰がこんな商売、好きでやっているもんか」

ゆっくりゆっくり腰を送りながら、強く抱き締める。

「借金だよ。お父《とう》が賭場《とば》で騙《だま》されたんだ。それであたいが働いて返している。もっと若ければ、吉原に売られたんだろうけどね。もう三十路《みそじ》じゃね。こうやって湯女や夜鷹《よたか》みたいな真似して働くしかないんだよ」

「いくら残っている」

風太郎は珠代の腰骨のあたりをがっちり抱き、ずどんと剛直を打ち上げながら、聞いた。

「んんわぁぁああ、十両（約百万円）だよ。ひとり一朱（約六千五百円）でやってもあたいの取りは半分だ。それじゃあ、返しようがないじゃないか」

珠代はがっくりとうなだれた。

「精汁を出したら、すぐに始末をつけてやるよ」

「えっ？」

珠代が驚いた顔をした。

「あたしをどこに売ろうってんだい」

「乾物屋で手堅く働いて返せや。身体は売らんでいい。俺の情婦《いろ》になれ」

風太郎はこのとき思った。

奉行所の金で、情婦を何人もつくれる。風紀紊乱改め方、なかなかいい稼業だ。

「兄さん、なんであたいの家のことまで知っているんだい」

「横山町の乾物屋の前で見かけたんだ。それで岡惚れしたまでよ」

「岡惚れ？　こんな年増にかい」

「ぁあ、ただし、一緒になる気はねぇ。十両で鷲山一家から引き出したら、あとはただの色遊びの相手ってことよ。銭はそれ以上出さない」

そこから猛烈に擦り立てた。

「あっ、いやんっ。いいっ。あたいだって素人に戻ったら銭なんか決してもらわないわよ」

「なら一緒に色遊びの間柄になろうぜ。ひもじゃねぇから金をせびることもねぇ。あぁ、この膣はいいぜ。どんどん締まってきやがる」

風太郎も突き上げの速度を上げ、一気に噴き上げに向かうことにした。

「ぁあ、もしそれが本当なら、あたいが鷲山一家の絡繰《からく》りを教えてあげるよ。この先も騙される人が大勢いたんじゃ世のためにならないからね。兄さんに買われた方がまだましというものだわ」

珠代がぎゅっと抱きついてきた。

「おぉおっと」

それを聞いたとたん風太郎は精汁を噴き上げそうになった。

気の緩《ゆる》みだ。いけない。この女をとことん楽しませ、この先の安泰な暮らしに導かねばならないのだ。それも風紀紊乱改め方の役目というもの。

ずいずいと棹の全長を使い、珠代の膣袋を突き動かした。

「ちょっと待って。あたいが動く。これが最後の商売になるかも知れないんだから、お勤めはきちんとさせてよ」

言いながら、股間を上下させ始めた。膣が見事に波打った。まるで膣袋の中に舌でもあるようで、肉の棒が舐め尽くされていくような気分だ。

これこそ玄人の鍛え抜いたまんちょというものだ。

「はうっ。陰間を悶《もだ》えさせてどうするつもりだ」

風太郎は、快感に顔を歪ませた。額から手拭いが落ちてきた。

「あたいの情夫《まぶ》にするんだから、そりゃ骨抜きにしちまいたいよ。他の女よりも、あたいのここが断然いいってことを覚えさせておかないとね」

珠代は少し険の残ったままの顔で答えた。発情しているのを隠すためにわざと険《けわ》しい顔をしているようでもある。

素顔は昨夜見ている。実直で働き者の娘の顔だった。

その落差に、風太郎は愛《いと》しさを感じた。

「任せるぜ。俺はあんたに男の芯棒を預ける。煮るなり焼くなりしてくれ」

信を得るために風太郎は捨て身に出た。

「煮るも焼くもするもんですか。こうしてずっと擦ってあげる」

きゅっ、きゅっと締め付けられる。勃起している肉棒に絡みついてくるようだ。

珠代の肉穴はとろ蜜だらけなのにとても締まる。

自分は何もしなくても、充分に気持ちいいのだ。

「ぁあぁあぁ出そうだ」

恥ずかしながら、珠代に歓喜の声を上げさせられた。

「んんんんっ。あたいもよくなってきたよ」

感極まって来たのか、珠代も背を反らした。のけ反ったぶん、湯の中での交合の様子があからさまに透けて見えた。

蟹股《がにまた》に開いた珠代の中心に、太い棍棒がずぼっと突き刺さっている。たまらない光景だった。濃い陰毛も薄桃色の花びらも湯の中でいやらしく揺れていた。

それでも珠代は腰を動かし続けた。湯面に島田髷《しまだまげ》の後ろがくっつき、動くたびに湯が跳ね上がっている。

「はぁあああーっ。はぁうぅううーっ」

肉柱の出し入れをどんどん速めながら、珠代はよがった。

「おぉおっ」

風太郎も湯の中で腰と足を動かした。飛沫はさらに上がり、珠代の白粉《おしろい》や口紅が流れていく。すっぴんが見え始めた。化粧が落ちても整った顔だ。むしろ凛《りん》として清々《すがすが》しい。風太郎はこの顔の方が欲情した。まだ最後に一枚腰にまいていた白布をひん剝いた心持ちだった。

「いい顔だ」

思わずそう言い、矢も楯《たて》もたまらず自らも腰を打ち返した。

ずんっ。最奥を突く。

「んあぁあああ」

珠代が両手をばたつかせて、湯に一度顔を沈めてしまった。ざばーっと湯を跳ね上げながら顔を戻したときには、白粉は見事に流れ落ちていた。

「ぁあっ。恥ずかしいよ。見ないでおくれ」

珠代の顔が真っ赤に燃えていた。

「そんなことはない。俺はおまえさんのすっぴんの方が気に入った」

腰を抱き寄せ、さらに打ち込んでやった。

風太郎は一気に切羽詰《せっぱつ》まった。

耐えに耐えていた精汁が、じゅるっと噴きこぼれた。

「はっ、はうぅう」

珠代の喘ぎ声も一足飛《いっそくと》びに甲高くなり、湯のしずくと涙と洟《はな》で顔もくしゃくしやになっている。

何もかもかなぐり捨てた女の顔だった。もう切っ先を閉めようがなかった。

「おぉおおおおっ」

雄叫《おたけ》びをあげ、風太郎は猛然と腰を振った。すぐに切っ先が大きく開き、つぎつぎと恍惚《こうこつ》の溶岩流が噴き出ていく。珠代も必死の形相《ぎょうそう》で股を押し付けてきた。

「いくぅ、いくいくいくいく、いくぅぅう、兄さんっ、はぁあぁあ──」

びくん、びくんと腰をしゃくりあげ、珠代も絶頂に達した。

「おぉおおおおお」

喜悦を分かち合うように、どちらからともなく手を差し伸べ合い抱き合った。

髪も顔も乱れ切った珠代の様子が、美しく、また可愛らしかった。

風太郎は脱衣所に珠代を連れて上がった。

「十両ここに置くぜ、証文を持ってこさせろよ」

やにわに番台の縁に小判を十枚置くと、仙太に向かってそう言い放った。

「藪《やぶ》から棒になんでぇ。おめえどこの馬の骨だ」

仙太が浴衣の片袖を抜き、番台から飛び下りてきた。

「根岸の花房《はなぶさ》風太郎だ。名もない絵師だが生来の女好きでな。気に入った女のためなら先祖伝来の宝物を質に入れてでも落籍《らくせき》する質《たち》だ。若い衆でも使って調べてきやがれ」

風太郎は着物を着ると床にでんと胡坐を搔いた。我ながら、ずいぶんと芝居じみた振る舞いだと思ったが、このぐらいやらないとこけおどしにならない。

珠代はその脇に肌着だけをつけてしおらしく端座していた。

「ちょっと待っていろよ」

啖呵《たんか》を切られ、しかも十両をきっちり積まれた仙太は腰が引け、湯屋の外に声をかけて若衆をふたり呼び、それぞれを走らせた。

四半刻。

弥生湯は客止めをしたまま若衆が戻るのを待った。湯屋そのものが固唾《かたず》を呑んで、この場の成り行きを見守っているようであった。

「これはこれはどうも花房様、お待たせしました」

暖簾《のれん》を潜ってきたのは鷲山一家の親分、通称禿《は》げ山の鷲造《わしぞう》であった。髷がすでに結えないほどに禿げ上がっており、腹も出ている。鷲鼻なのでそんな異名がついたようだ。飛び出していった若衆も背後からふたり付いてきた。

「あっしの素性の裏は取れたかい」

風太郎は乱暴に言った。

「取れたもなにも、花房様。たいそうなお家の出で。十両確かにいただきました。これが証文でございます」

鷲造が黒絹の着物の胸襟から、折りたたんである金子《きんす》借用証文を取り出した。

風太郎は受け取り開いてみた。

「おっとと、年利四割とはべらぼうだな」

十両の借金に年四両の利息が乗る。毎月一両と二朱の払いでは暮らしはままならないだろう。結果、追い借金をすることになる。鷲造は、いずれ乾物屋を乗っ取る魂胆だったに違いない。

「これっきりなんだろうな」

風太郎は睨んだ。

「へい。本当はまだ利息が足りません。でもよござんす。花房様が始末をつけたいとおっしゃるんですから、あっしらみたいなはぐれ者がどうこういうもんじゃありません。どうぞここは穏便に」

鷲造が深々と頭を下げた。

若衆のひとりが、女の脱衣所のほうから珠代の着物を運んできた。珠代は目を丸くした。

根岸界隈で流れている風太郎の噂が効いているようだ。

南町奉行所が流した噂はとんでもなく芝居がかったものなのだ。

なんと風太郎は大御所家斉公の御落胤《ごらくいん》、ということになっている。つまり当代家慶公の腹違いの弟君で、いざとなればいつでも御城に上がることになるというものだ。

そりゃ無頼漢どもも腰を抜かす。

奉行と年番方与力がつくった物語はふるっている。

風太郎は時の将軍家斉公と湯殿番、お染《そめ》との間に生まれた子である。

いわゆるお手付きの子である。

正妻、側室の子ではなかったため、大奥と面倒を起こしたくなかった家斉は、風太郎を市井《しせい》の子として育てるように京の呉服商『花房』に預けた。

巨額の持参金を付けたうえ、お家に男子が途絶えた場合は差し出すように証文までつけた。それが京で絵を学び、十五で江戸に出てきた放蕩男《ほうとうおとこ》、花房風太郎である――とした。

真っ赤な嘘だ。

だが、この噂を流すことによって風太郎の放蕩も金払いのよさもすべて裏付けられるのである。

南町奉行筒井和泉守政憲《つついいずみのかみまさのり》が、西の丸に通じていることで成り立っている話だ。

「なら、証文と珠代はもらっていく。二度と大見屋に顔を出すんじゃないぞ。なんかあったら、俺が奉行所を動かすぞ」

「とんでもございません。金輪際《こんりんざい》大見屋にはちょっかいを出す真似はいたしません」

鷲造と若衆たちが揃って頭を下げたところで、風太郎は立ち上がった。

賑《にぎ》わい始めた人形町《にんぎょうちょう》通りを並んで歩いた。

「風さん、あんたいったい何者なのさ」

珠代が女房気取りで肩を寄せてくる。

「見ての通りの放蕩者よ」

「なんだかねぇ」

中村座《なかむらざ》と市村座《いちむらざ》が見えてきた。通りの前がごった返している。

「それよりおまえ、博徒の鷲山一家が女衒の真似事をしているっていうのは、いったいどういうことなんでぇ」

「女の壺振りが間に入っているんだよ。元は女郎で今は壺振り。だから女衒と博徒の間を取り持っている。弁天のお美羽《みわ》っていう女さ。この女は、いかさまをやっているに違いないよ。うちのお父も助平だから、すっかり手玉に取られたみたい」

「助平だからって、どういうこったよ」

「お美羽は、真っ裸で壺を振るんだよ。それも片足を立てるっていう。おまん処が丸見えさ。客はそこにばかり目が行くから、手元で細工をしても気づかないって」

聞いて風太郎は喉を鳴らした。

それは何としても見に行かねばならない。

「盆の胴元は鷲山一家で、商家や旗本をうまく呼び込んでいる。最初は勝たせて、徐々に負けを増やしていく。借金が膨らんだところで娘を売らせるっていう寸法さ。二十歳《はたち》前なら吉原に落とされる。それをやるのはお美羽の後ろについている花川戸《はなかわど》の女衒、政五郎《まさごろう》さ。役者崩れの女衒だよ。いずれお美羽の情夫《まぶ》ってことだろう」

　珠代の話を聞いていて、風太郎は桃江のことを思い出していた。桃江の父親の鶴巻屋もその手を食ったということか。

「鷲山一家の盆はいつ上がるんだ」

「一と五の付く日だよ。借金を作った御旗本の屋敷を使う。町方が踏み込めないからね。客も安心して上がるって寸法さ」

　盆はだいたい武家の中間《ちゅうげん》部屋か寺と相場が決まっている。

「弁天のお美羽か」

「あぁ、なんでもお美羽と政五郎は淫売と博打《ばくち》で荒稼ぎをしているようなんだけれど、どこかに太い金主《きんしゅ》がいるはずだわね。それに結構派手にやっているわりには後ろに手が回らない。おかしいと思わないかい」

　珠代が知っている限りのことを語りだした。

　風太郎が同心だとは露《つゆ》とも知らずに、だ。

「なるほどね。まずは賭場を覗きに行くさね」

　ちょうど中村座の前だった。

「あら、勘九郎《かんくろう》の新作だわ」

「観ていくか」

「はい。一緒に見てくれるのかい」

「あぁ、桟敷《さじき》で股の中をいじらせてくれないか」

「好きにしておくれよ」

風太郎は珠代の腕を引き、いそいそ小屋に入った。

第三幕　色姉妹

一

皐月《さつき》（陰暦五月）も半ばを過ぎると、雨が多くなってきた。

夜ごとに蒸《む》し暑くもなる。

風太郎はいつものように近くの農家の老婆が届けてくれる朝餉《あさげ》を食べ終えると、早々に朝風呂に入った。

朝餉を食っただけで汗が吹き出し、とても絵筆をとる気になれなかったからだ。

梅雨は苦手だ。

女のまん処の湿り汁ならば、舌を伸ばして舐めたくなるが、てめえの汗は匂いを嗅《か》いだだけで閉口する。

裏庭に面した檜《ひのき》の風呂に入り、汗を流しながら女たちのことを思った。

桃江は吉原の艶乃家でまだ大部屋暮らしをしているそうだが、春風堂の善兵衛に届く文《ふみ》によれば、順調に馴染《なじ》みがつきはじめ、願い通り梅雨明けには部屋持ちに昇格しそうだと、嬉《うれ》しそうに書いてあった。

蛇《じゃ》の道は蛇《へび》で善兵衛が好事家《こうずか》仲間にそれとなく様子を覗《のぞ》かせに行くと、桃江は張見世《はりみせ》に並んだだけですでに目立っているという。

素人《しろうと》っぽい仕草で俯《うつむ》いているばかりなので、素見《ひやかし》のはずだった客も、ついつい声をかけてしまうというのだ。

ひと目見ただけで客が乗ってくる女郎は、妓楼《ぎろう》にとってありがたい存在だ。しかも同衾《どうきん》した客からの評判はすこぶる良いときた。部屋に入るなり至れり尽くせりで、客はあっという間に桃源郷《とうげんきょう》へと飛ばされるのだという。

風太郎は善兵衛の報告に思わずにやけたものだ。

俺の教えをよく守っている、ということだ。自分が気を遣《や》らないように、とにかく客を先に射精させることを心掛けているということだ。

張見世でいかにも素人風に見せているのは、ど助平な本性を見破られたくないために違いない。

梅雨が明けた頃に艶乃家に登楼するのが楽しみでしょうがない。

一方、湯女《ゆな》を上がった珠代は横山町の乾物屋で元気に暮らしている。いかず後家で生涯を通す覚悟で、商売に精を出している。

近頃では乾物の他に古着も扱うようになった。裁縫が得意なので、襤褸《ぼろ》着を安く買い取っては、継《つ》ぎ接《は》ぎや当て布をして売るのだが、この柄の配置が斬新だと評判をとっている。

風太郎は大見屋に五日に一度の頻度で顔を出している。やるためだ。いかないと珠代のほうが根岸に出向いてくる。

商売に根を詰めすぎると欲情するのだという。

やらないと気が散り、算盤《そろばん》にも身が入らなくなるらしく、風太郎が顔を出すと目の縁を桃色に染め、舌舐めずりしながら抱きついてくる。

桃江や珠代のことを思うと、剛根《ごうこん》が硬くなってくる。

――扱《しご》くか。

風太郎は目を瞑《つぶ》り湯の中で擦《こす》り始めた。じきにいい気持ちになってきた。

湯面から逸物《いちもつ》がそそり立った。まるで龍神のようである。

しゅっ、しゅっ、しゅっ。

桃江か珠代か、どちらで精を放つべきか逡巡《しゅんじゅん》する。珠代とは一昨日《おととい》肉を交わしたばかりである。

ならば今朝は桃江で抜くか。

そう決めた刹那《せつな》、いきなり湯殿の出入り口が、音をたてて開いた。

「えっ」

棹《さお》を握りしめたまま戸口を向いた。

「あらごめん。風ちゃん、ご手淫中だったのね」

「姉上、いつの間に」

風太郎は呆気《あっけ》にとられた。一歳上の姉、お蜜《みつ》だ。五年前に京橋《きょうばし》の木綿問屋『津《つ》軽屋《がるや》』に嫁《とつ》いでいる。

「八丁堀の組屋敷に戻ったら、なんと出てきたのは蔵之《くらの》介《すけ》殿で驚いたわ」

蔵之介とは風太郎の従弟《いとこ》である。伯父の次男で無役の部屋住みであったが、風太郎が裏同心となったため、表向き上、真木家を継いでもらった。地味な定橋掛同心だが、部屋住みよりはましなため喜んで引き受けてくれた。

南町奉行所内で奉行と年番方与力以外に唯一の風太郎の役目を知る人物である。

「それで尋《たず》ねると、風ちゃんは密命を受けてここに移ったって聞いたものでね、覗きに来たの。お役目のためとはいえ、これはいいお屋敷ねぇ」

言いながらもお蜜の視線は風太郎の極太棹に向いている。

「姉上、すぐに出ますから、居間でお待ちください」

風太郎は顔を真っ赤にして、手を振った。

「なんなら、私の見せようか。顔を隠してまん処だけ出すっていうのはどう。そのほうが妄想がぐーんと広がらない？」

お蜜が江戸小紋の裾《すそ》を捲《めく》ろうとした。

「結構でござるっ」

姉のまん処で射精はしたくない。弟の意地がある。

「そうお。だったら早く抜いちゃってね」

お蜜が尻を振りながら去っていった。なんだか抜けるものも抜けなくなった。

風太郎はもやもやとした気分のまま湯を上がった。

浴衣《ゆかた》を羽織り、居間に向かう。

お蜜が庭を眺めながら端座していた。

風流人の住む屋敷らしく庭には小さいながらも築山《つきやま》を拵《こしら》えてあり、木々や花々も美しく配されていた。

居間から眺望する雨上がりの庭は、一幅《いっぷく》の絵のようでもあった。

手土産《てみやげ》で持ってきたらしい向島長命寺《むこうじまちょうめいじ》の桜餅《さくらもち》を先に食べている。茶も勝手に淹《い》れたらしい。丸膳に風太郎の茶と桜餅も置いてある。

「姉上、お待たせしました」

風太郎は手拭《てぬぐ》いで額を拭いながら、いちおう上座に座った。

「風ちゃん、小女《こおんな》ぐらい雇いなさいな」

お蜜が座り直し、風太郎の方を向いた。

「松方様から止められております。もし情など交わしてしまっては役目に障《さわ》ると」

茶を飲んだ。人が淹れてくれた茶は旨《うま》い。ひとり暮らしをしているとそんなことも思う。

「たしかに。風ちゃんならやっちゃうものね」

お蜜にじっと股間を見られた。抜いていないのでまだ半勃起していた。

「して姉上、何用ですか」

照れ隠しに長命寺の桜餅を手に取る。名物だがお蜜がわざわざ弟のために向島まで足を延ばしたとは思えない。

情夫《まぶ》の新吉《しんきち》さんの長屋で一発やって来たに違いない。ついでの桜餅だ。

「風ちゃんの模写絵、何枚か譲って欲しくてね。出来るだけどぎつい絵」

姉は照れもせずそんなことを言いだした。わざわざ右手の指を左手で包み、出し入れして見せる。

「なんでまた……姉上の手すさび用なら、お断りしますが」

風太郎は毅然《きぜん》と言った。

姉が、自分の描いた絵を眺めながらまん処を弄《いじ》っている姿は、想像したくない。そんなことが瞼《まぶた》の裏にちらつくようになったら描けなくなってしまいそうだ。

風太郎、色の道には目がないが、身内にだけは発情しない。

「違うわよ。うちの亭主が商売仲間に譲りたいっていうのよ」

「本当ですか」

姉の顔をじっと見た。黒目勝ちで鼻筋の通った面差《おもざ》しは他人の目には凜《りん》として映るらしいが、ど助平であると知っている風太郎には淫乱顔にしか見えない。

「本当です。津軽屋に品物を卸《おろ》してくれている反物屋のご主人が、博打《ばくち》で散財してしまって吉原はおろかそこいらの岡場所に通う銭もなくて寂しい思いをしているそうな。それでうちの亭主がせめて絵でもと。風ちゃん、これは人助けですよ」

どうやら本当らしい。

「それで、どぎついものをと……しかたありませぬなぁ。しばしお待ちを」

風太郎は立ち上がり、離れの工房に入った。

実にえげつない絵を五枚選んで居間に持参し、お蜜の前に並べた。模写ではなく風太郎が自ら創作したものだ。

「まぁ、風ちゃん。そのものずばりの絵ね」

「その気になってもらわねばならないのなら、これぐらいのものが良かろうかと。どうですか」

姉に聞くのもどうかと思うのだが、創作者というのは相手が誰であろうが、とにかく褒《ほ》め言葉が欲しいものだ。

五枚とも桃江を想って描いた自信作だ。

「ぐっときます」

端座したまま身をかがめて絵を眺めていたお蜜が、突然、太腿を動かし始めた。腰を左右に捻《ひね》ったりもしている。鼻息も荒くなった。

「姉上、弟の前でそんな息を吐かないでくださいっ」

「これは反物屋さんも悦《よろこ》ばれる」

お蜜が紅潮した顔を上げ、いそいそと絵を丸めて風呂敷に包み込む。

「して姉上、その反物屋さんに聞いていただけませぬか。散財した博打というのは、女の壺振りがいた賭場《とば》ではなかったと」

　わざわざ絵を渡したのはそれを聞き出したいがためでもあった。

「あら、颪ちゃん。よくご存じ。弁天のお美羽という壺振りが真っ裸で賽子《さいころ》を振るんだそうですよ。颪ちゃん、それがお役目と何か繋《つな》がりがあるのですか」

　お蜜が舌で唇を舐めながら言う。

「姉上だから伝えておきます。こたびのお役目の中に、そのあたりを探索することがあるのです」

　密命であるが姉は代々同心の真木家に生まれ、組屋敷で育った女である。奉行所の内情を軽々《けいけい》に吹聴《ふいちょう》することはまずない。それ以上に同心の職に憧《あこが》れており、男に生まれたかった、が口癖である。

「なるほど風紀紊乱《ふうきびんらん》改め方とは、そういうお役目なのですね。しからばわたくしも、なるべく深く聞き込むといたしましょう。颪ちゃん、安心なされ、私は口とあそこはしっかり締めておりますす」

　太腿をぎゅっと寄せ合わせて言う。

　これは探索に加担する気だ。組屋敷にいた時分から、この姉と妹のお洋《よう》はやたらと探索に加担してくるのである。

「姉上、無理はせずとも」

「いいえ。風ちゃん、この姉をうまく使いなさい。役人の使える金など知れたもの。津軽屋の蔵には千両箱がたんまりございます。姉がひと肌もふた肌も脱ぎましょう」

「ついでで、結構ですよ」

と言ったものの、この姉の婚家の資力があれば百人力であるのは言うまでもない。風太郎はお蜜に微笑《ほほえ》みかけ、桜餅を齧《かじ》った。

ふたりでしばし庭を眺めた。

と表門が開く音がした。

庭に向かって誰かが歩いてくる。

「姉さま、兄さま、お久しゅうございます」

妹のお洋であった。大奥勤めとはいえお目見得《めみえ》以下の御広座敷《おひろざしき》女中のため、質素な木綿の着物を着ていた。黄色に赤い格子である。

「あら洋ちゃん、お宿下がりかい」

お蜜が声をかけた。

「はい。一泊だけ許されたので組屋敷にもどったのですが、蔵之介殿に事情を伺いました。兄上、風紀紊乱改め方に御栄達とは祝着至極《しゅうちゃくしごく》でございます。お祝いに羽二重団子《はぶたえだんご》をお持ちしましたよ」

お洋が折り詰めの箱を振って見せた。妙にさっぱりした顔をしている。

「まぁお洋ちゃん、日暮里《にっぽり》へ寄ってきたのですね」

そう聞くお蜜の目が妖艶《ようえん》に輝いた。行楽を装って日暮里への道すがら池之端界隈《かいわい》の陰間《かげま》茶屋に寄ったに違いない。

「はい、もうすっきりしてきました。御城では女ばかりですからね。たまには発散しませんと」

縁側から上がってきたお洋が座布団を勝手に敷き、お蜜の隣に座った。

久しぶりに真木家の三人の兄姉妹が揃った。

桜餅と団子で話に花が咲いた。

「それでは兄上、私も探索に加えてください。伏魔殿《ふくまでん》の大奥で間諜《かんちょう》をすればきっと兄上のお役に立ちます」

お洋もそんなことを言い出した。

真木家の血筋である。悪事があるとすれば探索せずにはいられなくなるのだ。

「ならば松方様にお伺いを立てる」

風太郎は姉と妹を捜査陣に加えることを正式に請願してみることにした。どうせならば何かまずいことが起こる前に奉行の許しは取っておいた方がいい。

身内なので結束も固い。

そこから先は、三人で猥談《わいだん》になった。幼いころからその手の話は三人とも大好きで、切りがないほどであった。

特にお洋の大奥での女同士の自慰比べの話や出入り商人との密通、あるいは中奥の侍たちと御庭での野姦の話などは実に猥褻《わいせつ》で、風太郎もお蜜も身を乗り出して聞いた。

八つ（午後二時）ぐらいまで話し込み、お蜜がそろそろと立ち上がりかけたとき、風太郎の手先になっている岡っ引きの橋蔵《はしぞう》がやってきた。

博打は強いが女は苦手な二十歳《はたち》の色男だ。定橋掛の頃から風太郎について回り、そこから橋蔵の名がついた。

「旦那《だんな》、弁天《べんてん》のお美羽について素性《すじょう》が少しわかってきました」

橋蔵、いかにも岡っ引きらしく、紺《こん》木綿の着物の裾を端折《はしよ》って角帯に挟んでいる。茶の股引《ももひ》きを穿《は》いた尻が半分見えていた。

「ほう、それは手柄だ」

　立ち上がりかけたお蜜が急に腰を下ろした。

「姉上、まだよろしいのですか」

「平気よ。うちの人は今夜、吉原に上がるみたいだから」

「でも姉上、お帰りになったほうがいいわ」

　宿下がりで一泊することになっているお洋が、疎《うと》ましげにいう。

　これは面白い。

　風太郎は一計を講ずることにした。

「橋蔵、すまんが半刻（約一時間）ばかりここで待っていてくれないか。与力様に火急の文を書かねばならぬのだ。それをおぬしに届けてもらいたいので、しばし待ってくれ」

　と立ち上がった。

「では出直してきましょうか」

　橋蔵が十手《じって》で首を叩きながら言う。

「いやいや、ここにいるのはそれがしの姉と妹、茶と団子もある。話でもしていてくれ」

お蜜とお洋が色めき立ったのは言うまでもない。

二

「いやいや、あっしは女はからっきしだめでござんして」

目の前で橋蔵が目を剝《む》いている。畳に尻もちをついた格好で股間が露《あら》わになっていた。

「それは食わず嫌いというものでございましょう」

お蜜は橋蔵の股引きの真ん中に手を伸ばした。ふにゃっとした陰茎の感触がした。

「橋蔵さんは、ひょっとして男色ですか」

橋蔵の背中側に回り、紺木綿の胸襟《むなえり》を開きながら言っているのはお洋だ。

「そっちもねぇでござんす。おいらは博打にしか興味のねぇ、けちな野郎でして」

胸をはだけられながら、橋蔵は必死で抗弁している。開いた胸襟の奥からすべすべした胸板と小さな男の乳豆が現れた。

それをお洋が摘《つ》まんだ。

「ひっ。よしてくだせぇ」

橋蔵が顔をくしゃくしゃにした。腰を浮かすと髷《まげ》が跳ね上がって可愛らしい。

お蜜はさらに濡れた。

「ちょっとの間の辛抱ですよ。兄上が戻るまでにちょいちょいっと嵌《は》めさせてくださいな」

風太郎の描いた男女が交《まぐ》わっている絵を見たときから、股間の肉皺《にくじわ》が戦慄《わなな》いていた。

女芽《めめ》をくじるか秘孔に何か入れなければ収まらないほどのぼせあがった身体を前に、橋蔵は飛んで火にいる夏の虫だった。

さすがは我が弟。それを察して座を外してくれたのだ。

お蜜は上等な江戸小紋を帯の上まで捲り上げた。肌襦袢《はだジュバン》をもどかしく左右に割ると黒い茂みの下から桃色の饅頭《まんじゆう》が現れる。

それをみずから割った。白餡《しろあん》が溢《あふ》れ出た。

「姉上は向島で腰をお振りになってきたのではないのですか。それなのに、もうそんなにはしたなく濡れて……」

妹が橋蔵の乳豆を弄りながら目を尖《とが》らせた。

「そなたこそ池之端で淫ら汗をたっぷり流してきたくせに……」

お蜜も唇を尖らせた。

「そんならもうおふたりとも、充分でしょう。あっしのことは勘弁してくれませんか」

橋蔵が身を捩《よじ》って逃げだそうとした。

「陰間と素人は違いますっ」

姉妹が声を揃えて言った。あまりの声の揃い方に、橋蔵は腰を抜かした。

「そうなんですよね、姉上さま。陰間は段取りが整いすぎて、面白みがありません。私などは、夜ごと張り形ばかりなので、三月《みつき》ぶりの生肉棒は美味《おい》しかったですが、どうもうまいように昇《い》かされてしまったようで、不服です」

お洋が着物の帯を解きはじめた。

「同感よ。私も陰間の他に役者買い、力士買いなどさんざんやりますが、売りをしている男は皆同じです。指と舌でばかり女をよがらせようとして、肝心なことは使いたがらない。出し惜しみするんですよ」

とお蜜も不平を述べ、思い切り橋蔵の股引きを引っ張った。

「おぉおおおおっ。おいらはそんな技量もねぇですから」

下帯《したおび》を必死に押さえて橋蔵が喚《わめ》いた。

「だから、いいんですよ。特に橋蔵さんみたいな初心《うぶ》男は、たまりませんね」

お蜜は裾を捲って生尻を曝《さら》け出したまま橋蔵の股間に顔を埋《うず》めた。男の生臭い匂いが鼻孔を突く。下帯にたっぷり匂いが染み込んでいるようだ。

「あっ、脱がさねぇでくだせぇ。やめてくだせぇ。あわわわっ」

橋蔵の懇願《こんがん》には耳を貸さず、お蜜は下帯をむんずと摑《つか》み、袋状になっているあたりを、ぐいっと脇に寄せた。腰から解くなどもどかしすぎた。

縮んだ珍宝《ちんぽ》棒が現れた。皮を被って皺玉の中に埋まってしまっているようだ。

「まぁ可愛らしい」

お蜜が舌舐めずりをした。

「あぁ、見ねぇでくださいっ」

橋蔵はいまにも泣きそうな顔だ。

「大きくなあれ」

お蜜は皮を剝いて、桃色の亀頭にむしゃぶりついた。

「うわぁああ」

橋蔵は足をばたばたさせて、大声を上げた。その口にお洋がいきなり乳房を押し付けた。お蜜も久しぶりに見る妹の巨乳だった。

「おっぱいのさきっちょをべろべろしてください」

などとのたまっている。

「んがががぁ」

口を塞《ふさ》がれた橋蔵は、もがきながら懸命に尻を後ろに引いた。

「逃がしませぬっ」

お蜜は皺玉を捧げ持ち、亀頭冠の尖端、裏筋、鰓《えら》の下へと順に舌を這わせていく。むずかり、尻を盛んに捩る橋蔵の様子がたまらなく愛《いと》おしい。

男は初心が一番だ。

ちろちろと張り出した嵩《かさ》張りの下を舐めていると、棹に徐々に芯が通りだした。人差し指と親指を根元に回すと、すっくと肉茎が立ち上がった。

「人並じゃないですか」

上から妹の声が降ってくる。

お洋は橋蔵の口に押し付けていた乳房を離し、顔を胸板に向けた。

「そうですとも。決して小さくありませんよ。恥ずかしがることはありませんっ」

舌先で亀頭の裏側の三角州を本格的に舐めながら、お蜜は根元に回した指を、しゅっ、しゅっと上下させた。

「うわぁ〜。でかいとか小せぇじゃなくて、おいらはそれをされるとくすぐったくてしょうがねぇんで」

橋蔵、さらにもがいた。

「そこを通り越さないとっ」

お蜜は勃起した逸物をぱっくりと咥え込んだ。同時に妹、お洋が橋蔵の乳首をべろ舐めし始めていた。

「あぅううううっ」

橋蔵の雄叫《おたけ》びが庭にまで飛んでいく。

そのとき、口の中にどろりと精汁が迸《ほとばし》った。いか臭い精汁だった。

「だから、おいらは早いんですって。かっこ悪いっす」

橋蔵がうなだれた。女嫌いな理由《わけ》が少し理解《わか》った。

しかしながら、そういう男なればなおのこと淫気に火がつくのが、本当に助平な女というものだ。

「早くても、またすぐに勃《た》てばいいんだわ」

お蜜は唇に付着した白い精汁を手の甲で拭うと、妹、お洋を見やった。お洋もきらりと淫らな目を光らせる。

『姉さま、やっちゃいましょう』

そんな目をだ。

三

「さあさあ、橋蔵さん、ここに大の字に寝てください」

お蜜とお洋は、部屋の真ん中に座布団を四枚並べ、その上に橋蔵を導いた。

「いやいや、おいらはもう力尽きているんで」

射精をさせられたばかりの橋蔵の目はまだ虚《うつ》ろで、動作は緩慢《かんまん》だった。

「その尽きた男力《だんりき》を、甦《よみがえ》らせるのが女子《おなご》の務めというものでございます。さぁさあ」

畳の上で蹲《うずくま》ったままの橋蔵を、お蜜はお洋の手も借り、ごろごろと転がしながら、座布団の上に乗せた。

「無理ですってばっ」

女ふたりにおもちゃにされると解した橋蔵は、寝返りを打って逃げようとしているが、思うように身体が動かない。射精後の虚脱感でままならないのだ。

「全部脱ぎましょうね」

お洋が橋蔵の顔に跨《また》がり、着物を脱がせ始めた。そのお洋はすでに真っ裸になっており、わざわざ濡れそぼった股底を見せながら脱がせているのだ。

とろ蜜が糸を曳《ひ》いて橋蔵の顔に落ちていく。

「姉上は、着付けのし直しが出来ないですから、昆布巻きでするしかないですねえ。胸襟も気を付けないと着崩れしてしまいますよ」

お洋が憎たらしいことを言う。

自分はここに泊まるので、大いに汗をかき、終わったら長風呂を愉《たの》しみ、ぐっすり眠るつもりなのだ。

「悔《くや》しいわねぇ」

と言いながらお蜜は、江戸小紋の裾を前後左右の四か所捲り上げ、丁寧に袋帯の中に押し込んだ。同じように肌襦袢も四か所捲り上げ、桃色の腰巻はさすがにとってしまった。

「何だか湯屋の三助《さんすけ》みたいな格好ですね」

お洋がせせら笑った。妹は日頃は姉をたて、一歩も二歩も下がった態度をとるのだが、こと男が絡むとやたら対抗してくる。

「おいらのほうは、賭場で身ぐるみ剝《は》がされた客のようじゃねぇですか」

素っ裸にされ、並べた座布団の上で赤子のように身体を曲げて肩と足を震わせている橋蔵が、恨めしそうにふたりを見上げてくる。

「そんな顔をしないでくださいな。じきに極楽に昇れるんですから」

お蜜は生尻を出したまま、橋蔵の傍《かたわ》らに横たわった。

「賭場の極道も竹刀《しない》を持って、すかんぴんの客にそう言うんだ。おいらはそれを取り締まる側だったんすがねぇ」

「あたしらは極道じゃないよ。叩いたりしない。舐めるの」

と、先ほどお洋が舐めていたのではないほうの乳首にお蜜は唇を付けた。橋臓の腰がビクンと揺れる。

すぐに乳首が勃起してきた。女が乳首を硬直させている様子はなんとも助平の本性を露わにしているように見えるが、男の乳粒勃起《ちちつぶだち》は可愛らしく思える。

ちゅばちゅば、じゅるりと舐めしゃぶりながら、お蜜は自分の秘裂にも指を這わせた。呆《あき》れるほどの蜜が溢《あふ》れている。

お蜜という名がぴったりなのだ。

指を滑らせ女芽に当てると、自分の腰もがくんと揺れた。

「姉上、男の乳粒は女芽と同じような大きさなので、弄りながら舐めていると、自分の女芽をしゃぶっているような気になりませんか」

妹が実に深いことを言う。

一見、滑稽《こっけい》至極の言《げん》のようだがそうではない。

独り触りの際にはあらん限りの妄想をすることによって、快感の翼を広げていくものだ。

己《おのれ》の女芽を舐めている妄想。

これは淫らで、昂《たかぶ》る思いだ。

女芽を舐めているつもりで、橋蔵の乳粒を舐めしゃぶる。

「あふっ。お洋っ、その通りだわ。舐めて、舐められている気分」

橋蔵の乳粒が舐めるほどに硬直するのと同様に、お蜜の女芽も触るほどに尖りに弾力が付いてくる。

お蜜は夢中で舐めしゃぶり、そして股の肉粒をも弄った。

「それでは、私もこちら側の乳首をいただきます。姉さま、一緒に橋蔵さんを天界へと導きましょうぞ」

お洋が橋蔵を挟んで向こう側に寝そべり、逆側の乳粒にしゃぶりついた。

一気に橋臓の顔が歪む。

お蜜とお洋は、あえて肉棒には手を伸ばさず、互いに音を立てながら乳粒を吸いたてた。

橋蔵の顔がくしゃくしゃになり、腰が跳ねだした。射精したばかりの肉茎が徐々に盛り上がり始めている。先ほどの射精の残滓《ざんし》が時おり飛び散った。

お蜜とお洋は競うように男の乳首を左右から舐めしゃぶった。互いの股に挿《さ》し込んだ指の動きも速くなる。

「ぁあぁ、姉さま、橋蔵さんの乳粒もこりこりに硬直してきましたが、私の女芽ももう堪《たま》りません。皮が剝けて飛び出してしまいそうなほど気持ちいいです。あっ、あっあぁあああああああああ」

お洋がひと際甲高《かんだか》い声をあげ、猛烈に舌を回し始めた。股に挟んだ腕も揺れている。

「お洋ちゃん、女芽を橋蔵さんの太腿に擦りつけるのよ。花びらも擦れて気持ちいいわよ。ああはっ、んんんんっ、私もそうする」

お蜜は両脚を広げ、橋蔵の左足を挟んだ。まん処が太腿の側面にあたる。乳粒を舐めながら腰をがくがくと揺さぶった。

「ぁあああああぁぁあああ。気持ちいいっ。布団より男太腿だわ」

「姉さま、何を布団などと訳の分からぬことを言っているのですか」

お洋も言われたように股で橋臓の太腿を挟みながら腰を振っている。自分も同じようなことをしているのだが、妹の腰つきはなんとも卑猥だ。横抱きで肉を交えているときのように、土手をしゃくりあげるように擦っているのだ。

「布団よ。掛け布団を丸めて、股に挟んで腰を振るのよ。まん処の擦りつけ。すごくいいんだから」

「姉さま、布団では柔らか過ぎませぬか。大奥では皆、文机《ふづくえ》の角に擦りつけております」

妹がしゃらんと言い返してきた。

「あぁあ、それもよさそう」

お蜜は文机の角にまん処を押し付けている具合を想像し、さらに燃えた。

橋蔵の外太腿に女芽を擦りつけ、乳粒を舐める舌の回転に拍車をかけた。

お洋も負けじと、さらにすごい音を立てて舐めている。

庭にまた小雨が降ってきた。梅雨時とあって湿った風が入ってくるが、その生暖かさがよけいに淫らな汗を流させる。

静かな雨音を聞きながら、しばらくふたりで舐め続けた。

お洋は時おり、股擦りをほどいて、片脚を天井のほうへ大きく上げたりしている。そのたびにお蜜は妹の濡れたまん処を見ることになった。自分よりも亀裂が長く、いやらしく見える。紅い花びらに白蜜が斑《まだら》に付着していた。

橋蔵は足を突っ張らせながらも、徐々に喘《あえ》ぎ声を上げるようになった。

「お洋、橋蔵さん、だいぶよくなってきたみたいですよ。甘く噛んでみましょう」

「そうですね。ひょっとしたら噛んだら、出るやも知れませぬ」

とお洋が、橋蔵の股間に流し目をくれた。

半勃ちだった肉茎が、怒りの太筋を何本も浮かべ、牛蒡《ごぼう》のように屹立《きつりつ》していた。

お蜜は前歯で乳首をきゅっと噛んでみた。

「うっ」

橋蔵の喘ぎ声が大きくなった。

一呼吸おいてお洋も噛んだ。

「うへっ」

橋蔵、腰を突き上げる。肉の牛蒡がぐらぐらと震えた。

「あう。まじでよしておくんなせぇ。おいら乳首が感じるなんて男になりたくねぇでげすよ。池之端あたりをうろついている男色陰間じゃねぇんですから」

橋蔵は眉間《みけん》に皺を寄せた。

「あら、それは偏見というものですよ。乳首昇天は女や男色ばかりがするものではございません。女色好みにも、棹よりもこっちがいいという男は大勢おりまする。さあさ、もっとよくなってみてください」

お蜜が言い、妹と共に執拗《しつよう》に橋蔵の乳粒を責め立てる。唇、舌、歯で波状的に責めた。

その時、次の間の襖《ふすま》が開いているのに気が付いた。

次の間は三人の足の方向である。

五寸ばかり開けて、風太郎が覗いているのが見えた。畳の上に和紙を置き、絵筆をとっている風太郎の月代《さかやき》が、こちらを向いている。

お洋は気が付いていたようで、片脚を大きく天井の方へ上げて、まん処を見せていたのはそのせいか。

ならば、とお蜜も片脚を上げた。どどめ色の鮑《あわび》がぐわっと開く。

気のせいか風太郎が、唸《うな》ったような気がした。

弟に股の鮑を見せるのは、二十年ぶりだ。なつかしくも卑猥な、幼少の頃のしっこ飛ばし合戦を思い出す。

組屋敷の庭で、お蜜、風太郎、お洋の三人で、誰が一番飛ぶかことあるごとに競っていたものだ。

その頃、お蜜とお洋は風太郎のまだ皮を被っていた珍宝棒を、じっくり観察し、風太郎は姉と妹の毛の生えていない股座《またぐら》を、不思議な生き物でも見るように何度も凝視していたものだ。

十二歳で毛が生え始めてからは見せなくなった。

それ以来だ。

弟に覗かれていると思うとさらに、淫心に火がつくというものだ。

お洋も兄にまん処を見せて嬉しそうだ。

──風太郎を勃起させてやりたい。

お互いそう思っているのだ。

やることはありえない。だが、その気にはさせてみたい。

そんなことを考えながら舐めていると、突然、橋蔵が獣じみた雄叫びを上げた。

「おぉおおおおおおおおおおっ。おおおおおおっ。おうおう」

ひと触りもされていない橋蔵の陰茎の尖端から、米の研《と》ぎ汁のような白液が、びゅんびゅんと飛び上がっていた。

「あっ、姉さま、橋蔵さんが乳首昇天しましたっ」

お洋が歓喜の声を上げる。

「いやだぁ、おいらこんな噴き上げは、いやだぁ。なんだかわけわかんねぇ。頭がおかしくなっちまいそうですよ」

橋蔵は涙目になっていた。

「なんかここで終わると、橋蔵さんよけい女嫌いになってしまいそうだねぇ」

お蜜は少し心配になってきた。

「三発目をおまん処の中に出させてあげたら、いいんじゃないですか」

お洋は冷静だった。

「ええええええっ、まだやるんですかい。おいらまじもう出ねえっすよ。出ねえどころ絶対勃たねぇ」

橋蔵はぜいぜいと荒い息を吐いている。

「勃ちますよ」

お洋がまだ汁まみれになっている肉茎に手を伸ばして扱き始めた。

「姉さま、玉しゃぶりを」

「はいはい」

お蜜は妹に言われるまま、橋蔵の股間の前に蹲り、これまた落ちてきた精汁でどろどろになった皺玉に舌を伸ばした。

尻はつんと突き上げて、割れた秘貝を風太郎によく見えるようにしてやる。

ごほごほと風太郎が噎《む》せる声がする。

「無理だぁ、ぜってぇ無理だぁ。許しておくんなせぇ」

橋蔵は苦悶《くもん》の表情だ。

「平気よ橋蔵さん。やるほどに棹が強くなって出るのが遅くなります。しかもいまは精汁だらけなので、手のひらがよく滑ってやりやすいです」

お洋が、無慈悲なほどに手筒を速く動かした。出たばかりの男はさぞや苦しかろう。お洋は大奥で女同士の淫事ばかりをしているので、その辺がわかっていないのだ。

とはいえ、苛酷な指技、舌技で勃起させ続けられることで、陰茎が強くなるのは確かなはず。

「橋蔵さん、これは修行です」

お蜜はそうきっぱり言い、金玉にむしゃぶりついた。

襖の向こうで、今度は風太郎が、ぷっと吹き出す声がした。

お洋の方は容赦《ようしゃ》なく手筒を上げ下げし、もう一方の手のひらで、亀頭を包んで撫《な》でまわしている。捏《こ》ねくり回しているといったほうがいい。

「んはぁ、はうっ、無茶だっ、おいらなんだか脇腹がいてぇ。盗人《ぬすっと》を全力で追いかけて捕まえたときぐらい胸も苦しいっ」

橋蔵が泣きごとを言った。

「もう一発出したら、もっと走れるようになりまする」

お洋が言った。妹ながらこの女はとことん嗜虐《しぎゃく》の質《たち》だ。これではなかなか嫁の貰《もら》い手はなかろう。

しゅっ、しゅっ、しゅっ。手筒の上下する音がいやらしい。お蜜も精汁まみれの皺玉を舐めるばかりではなく、唇を吸盤のようにして皮を吸い取ったり、口を大きく開けて齧ってみたりした。

肉茎は案外早く持ち直した。

「ほら、勃った」

お洋が剛直に向かって手を叩いた。

「嘘だろ。まじ勃っている」

橋蔵自身が驚いている。お洋は胸を張った。その乳首がぱっつんぱっつんに勃起している。

「姉さまから先に」

「いいのかい。お洋ちゃんが大きくさせたんだよ」

「でも、姉さまは、そろそろ御帰宅せねばなりますまい。わたしは朝までいくらでも擦り合えますする」

お洋の目はまじだった。姉としてもちょっと怖かった。

ひぇっと橋蔵が唸り、身体を返そうとしたので、お蜜は『ではお先に』と橋蔵の肉柱の上に跨った。

「うわぁああ。まじ入れるんですかい」

「入れます」

お蜜は剛直の根元を押さえ、巨臀をぐぐっと下げた。亀頭が膣口に当たり、充分潤《うるお》っている肉路に、ずるずると入ってきた。

「あぁああ、いいっ。やっぱり素人の男根は妙に滑《なめ》らかじゃなくていいわぁ」

どすんと棹の全長を受け容れた。子宮《こつぼ》の一番感じるあたりにかちかちになった亀頭が当たる。天下無双の快感だ。

「ならば姉さま、私は、顔面擦りつけに……」

お洋がなにやら恐ろしげなことを言ったと思ったら、いきなり橋蔵の顔の上に跨り、その唇に割れ目を押し付けた。

「ふがっ」

そのまま腰を前後させた。

「舐めてくださいっ。わたしたちがさっきやった乳粒舐めを思い出して、女芽を舌で扱いてくださいっ」

「んがんがっ」

橋蔵の声は聞こえない。

お蜜は盛大に尻を跳ね上げ、すぱんっ、すぱんっと棹の出し入れをした。まん処内に淫気が充満していたので、快感はいつもの何倍も早く回ってきた。

「あっ、ひっ、鰓が硬くて凄《すご》いわ。まん処が痺《しび》れて気が遠くなってしまいそう」

「そんなに速く擦らないでくだせぇ」

下から橋蔵が、がっちり腰骨を押さえ込んできた。棹の全長がずっぽり嵌まったままそこで止められた。

土手と土手もくっついたままだ。

びっちり下から田楽刺《でんがくざ》しにした格好で、橋蔵は小刻みに剛根を震わせてきた。

「あうっ」

正しくは橋蔵が震わせているわけではない。

お洋がまん処を橋蔵の唇にかくかくと擦りつけているので、その動きが伝播《でんぱ》してきているのだ。

「お洋ちゃん、ちょっと止めて、あうんっ、女芽と子宮が、あぁっ」

平静をよそおっていることがいよいよ難儀になってきた。

「姉さま、それはご無体でございます。お洋は、もういきたくて、いきたくて。あぁあああああああっ」

お洋がさらに激しく尻を揺すったので、橋蔵の身体はがくんがくんと揺れた。

これは堪らない。擦れている二か所はどちらも女の要所だ。

「あぁああああああああああああああっ。いくぅうううううううう」

土手で女芽が擦れ、亀頭で子宮が揺さぶられ、お蜜は四肢が木っ端微塵《こっぱみじん》になるのではないかという快感に押し上げられた。

「いぐぅううう。まんじゅ、いぐぅー。へっぺ、どんず、あっぺ」

武家育ちで豪商の内儀だというのに、絶頂に達するとなぜか奥州訛《おうしゅうなま》りになってしまう。理由《わけ》はわからない。そもそも何を言っているのか自分でもわからないのだ。

一回こっきりの絶頂で、お蜜はくたくたになった。

橋蔵に覆《おお》いかぶさるようにして倒れ込んだ。まだまん処はひくついている。すると橋蔵がまたもや雄叫びを上げた。

「おぉおおおおおおおおおっ。出るっ。また出ちまうよ。なんだか、身体の中の精力が全部搾《しぼ》り取られちまうようだよぉ。おいら、干からびちまいたくねぇっす。あぁああ、でも出るんです。どんどん出ちまうっす。おいらこんなの初めてだ、おぉおおおおおおおおっ」

そんなことを喚きながら、お蜜の膣袋の中に鉄砲水のような勢いの精汁を噴き上げてきた。

「あっ、いやっ。お願い、痺れているまん筒を刺激しないで……くわぁあああ」

先ほどの橋蔵の気持ちが痺れるほどよくわかる。絶頂して逆上《のぼ》せ上がっているまん処というのは男でも女でも敏感になりすぎているので、さらに動かされると、ますますのたうつことになる。

お蜜は狂乱して暴れた。

「ふううう。息が詰まるっす」

橋蔵も頬を膨《ふく》らませた。大きく息を吸おうとしている。

庭に突如大粒の雨が降ってきた。草木が激しく揺れる。

「いやぁあああ。女芽をそんなにきつく吸い取らないでっ。私、溶けてしまいますっ。あぁあああああああああっいくぅうううううう」

自分の調子で橋蔵の顔にまん肉を擦りつけていたお洋は、狂喜の声を上げて、のけ反った。尻を痙攣《けいれん》させ、潮を撒《ま》いた。

「うわぁあああ」

橋蔵の顔が湯を被ったように濡れた。湯気まで上がっている。

三人はその場でぐったりと倒れたまま動かなくなった。

風太郎があーあ、とため息を洩らしながら、布団をかけてくれたところまでは覚えがある。

あとは三人とも寝息を立ててしまったようだ。

＊

「お美羽っていう女壺振りは、弁天党という一党を率いているというんです」

熟睡から目覚めた橋蔵が、茶で一服すると本筋の話を始めた。

「それは女博徒とかの徒党かい」

「まぁ、そんなところでしょうが、あっしが聞き込んできたところによると、どうやら裏にどこかの豪商が付いていて、何かもっと大きな企みをしているのではないかと」

「大きな企みというと」

橋蔵が矢立《やたて》で書きつけた小さな紙を見ながら考え込んでいる。自分で書いた字が読めないらしい。

もとより悪筆なうえに、先ほどの姉と妹の肉交の際に紙が捩れてくしゃくしゃになってしまったのだ。

張本人の姉は婚家に戻り、妹は長湯に浸かっている。

じっと待った。

　橋蔵が口を動かしながらどうにか読み取ったようだ。

「自前の賭場を持とうって魂胆《こんたん》のようです」

「それはまた大胆な話じゃないか。幕府はいま色町、岡場所だけではなく、芝居小屋や寄席まで江戸の域外に追い出そうとしているんだぜ。それをいまでもご法度《はっと》の賭場を堂々と持とうなんざ、あっという間に潰《つぶ》されるさ」

「それがですね。どういう筋からか、官許の賭場を作るっていう話なんです」

「官許とはばかばかしい。芝居小屋や遊里ならいざ知らず賭場なんかをお上《かみ》が認めるわけがない。それは嘘っぱちでぇ」

　橋蔵がまた捩れた紙を畳の上で伸ばしながら、読み取っている。

ひらがなばかりの文字だ。蚯蚓《みみず》がのたくっているようで、風太郎には判別しようがなかった。

「なんでも弁天のお美羽の後ろ盾《だて》になっているのは、女衒の政五郎一家や博徒の鷲山一家ばかりじゃなくて、ええと……あっ、日本橋本石町《ほんこくちょう》の薬種問屋『小池屋《こいけや》』がついているってんです。これが幕閣とも繋がっているようで……小池屋重蔵《じゅうぞう》。こいつがどうも賭場開基の段取りを仕掛けているようでござんす」

　橋蔵がようやく小池屋重蔵まで読みとってくれた。

「そいつは確かか」

風太郎は羽二重団子をひと串取り、齧りながら聞いた。

「いや、この話はあっしが間諜につかっている博打うちたちから聞き込んだことでして、確証がとれているわけではねぇです」

「裏を取ってみるしかないな。橋蔵、弁天のお美羽についてもう少し詳しく調べてくれ」

「合点で」

そこに誰かを送り込むしかない。

「橋蔵、近々にまた姉のお蜜と会ってはくれまいか」

団子を進めながら、聞いた。

「ひっ。それは……」

橋蔵の腰が引けた。姉妹どんぶりを味わったせいで、早漏癖の治療にはなったようだが、女嫌いには拍車が掛かってしまったようだ。

「いや、もうおまえには手出しさせぬ。手を出したら、さっきおまえとやっていたときの様子を写した絵を、読売屋にばら撒かせるといって脅すさ」

「ひぇええ。それじゃぁ、おいらもまずいではないですか」

「案ずるな。橋蔵の顔は描いておらん。魔羅だけだ」

「えぇぇぇえっ。それもかっこ悪すぎますよ。しかしいったいぜんたいなんでお蜜様とあっしが会うんですか」

「博打のこつ、例えばいかさまのこつのようなことを教えてやって欲しい。おめえさんがいくのが一番なんだが、残念ながらどこの賭場でも十手持ちだと知れているだろう。誰もおめえのことは、嵌めようとしねぇや」

「なるほど。そういうことですかい」

風太郎は姉のお蜜に賭場を探らせるのが一番良いと考えた。


数日後。

南町奉行所の年番方与力、松方弘之進より密書が届いた。

お蜜、お洋の風紀紊乱改め方の密偵への取り立て、裁可するとあった。

第四幕　女壺振り

一

梅雨《つゆ》も終わりかけの水無月《みなづき》（陰暦六月）のはじめ。

本所相生町《ほんじょあいおいちょう》二丁目の旗本米原光輝の中屋敷からほどちかい『青慶寺《せいけいじ》』には、朝から多くの見物が詰めかけていた。境内《けいだい》に設けられた宮地芝居《みやちしばい》の小屋『羽衣座《はごろもざ》』の芝居が目当ての客たちだ。

官許の江戸三座とは異なり、羽衣座は筵掛《むしろが》けだけの簡素なつくりの芝居小屋で、上演期間はひと月と決められている。

つまり宮地芝居とは旅芝居一座である。

青慶寺では水無月限りの上演で、このたびの演目は羽衣座の当たり芝居『三毛《みけ》猫小僧五郎吉《ねここぞうごろきち》』。

日頃は間抜けな遊び人五郎吉が、実は大盗賊で、悪徳商人の蔵に盗みに入っては千両箱をかっさらうという活劇だ。

どこかで聞いたことのある話だが、そこは宮地芝居のご愛敬《あいきょう》。本櫓《ほんやぐら》や控櫓《ひかえやぐら》で評判をとった芝居を、叱《しか》られない程度手を変えて仕立て上げることこそ、旅回り一座の真骨頂《しんこっちょう》というものだろう。

羽衣座の座元は三木助《みきすけ》という本櫓出身の役者で、陰間《かげま》を数年やった後に一座を率いるようになったという。

年のころなら二十七だ。

いわゆる色男ではあるが、家柄がものを言う本櫓では出世の見込みがなく、不貞腐《ふてくさ》れて陰間に身を落としていたところを、役者時代の贔屓筋《ひいきすじ》の助けを受けて旅回り一座を起こしたそうだ。

旅回り一座といっても、ほとんどが江戸市中内の境内《けいだい》を回るか、少し離れた宿場に小屋を建てて回っている。

三木助めあての商家の女将《おかみ》や娘もいるにはいるが、そこは宮地芝居のこと、ほとんどの客は弁当持参で連れだってやって来る長屋の人々だ。

この人たちは六十文（約千五百円）の見料でほぼ一日中、小屋で過ごしていく。

大身《たいしん》の商家の女将や娘、それに売れっ子芸者ともなれば、二朱（約一万二千五百円）ほどの見料を払い本櫓の桟敷席《さじきせき》に陣取るのが当たり前で、幕間《まくあい》には芝居茶屋に顔を出し、贔屓役者に酒色を持ちかける。

役者をその気にさせて、客は自ら着物の裾《すそ》をまくって尻を預け、後ろから挿《さ》し込んでもらうのだ。喘《あえ》ぎ声が漏れないように口を両手でしっかり押さえてやるのが、余計に興奮する娘が急増中というから、天下は泰平だ。

あくまでもそれは本櫓での話だ。

宮地芝居にそんな贅沢《ぜいたく》な客はいない……いないはずなのである。

今日の青慶寺の境内はちょっと様子が違っていた。

八つ半（午後三時頃）。

町駕籠《まちかご》を雇い、青慶寺の境内に到着した津軽屋の内儀お蜜は、あたりにいるのが立派な身なりをした女たちばかりであることに驚いた。

絢爛豪華《けんらんごうか》な着物をまとった年増《としま》は大奥女中であろうか。はたまた自分と同じ豪商のお内儀たちのようでもある。

振袖《ふりそで》姿の娘や、あろうことか尼僧も数人いる。

小屋の木戸が開くのを待っているそんな女たちは三十人ぐらいである。

「お蜜さんどうも。これを持って中に入っておくんなし」

本堂に向かう石畳の脇に建つ狛犬《こまいぬ》の石像に寄り掛かっていた橋蔵が、すぐに駆け寄ってきて木札を差し出してきた。

「本当に金のありそうな女ばかりが招かれているんだねぇ」

「へい、長屋住まいのかかあや、奉公人の娘ばかりじゃ、ぼったくれませんからね。あばずれ芸者でもあとがめんどうくせぇってことでしょう。筋のいい客ばかりを選んでいるってことで」

「なるほどねぇ」

お蜜は小屋の入り口の方を眺めながら言った。

大きな看板がかかっている。

『当座は本日、女芝居の上演のため男子禁制でござい。ご容赦《ようしゃ》を』

と筆で大きく書いてあった。

触れ太鼓《だいこ》もなく、かわりに木戸の前に緋《ひ》毛氈《もうせん》を敷いた縁台があり、その上で地方《じかた》が三味線《しゃみせん》を弾いている。粋《いき》な雰囲気を醸《かも》し出しているのだ。

「なるほど女芝居とはよく考えたものだわね。うまい口実だこと。それなら大奥女中や尼僧も大手を振って見に来れるし、女芝居も憚《はばか》ることなく上演できるってことですね。これはどちらも顔が立つ」

お蜜は笑った。

「あげく、お役人も中に入れないときた」

女芝居は二百年以上前の寛永《かんえい》六年（一六二九）に禁止令が出されており、このように市中で堂々と上演されることなどまずありえない。

女芝居には猥褻《わいせつ》がつきものだからだ。

それは裏街道を歩く者たちの手によって、どこぞの荒れ寺に好事家《こうずか》だけを集めてひっそりと開かれる闇の見世物。多くの見物の中で男女の淫交を見せる畜生道と言える。

ただし、一方でまともな女芝居もあるにはある。

安永《あんえい》元年（一七七二）頃に幕府は一部女芝居を認めたのだ。このことは世間にあまり知られていない。大奥や尼寺のような男子禁制の場へ赴《おもむ》いて芝居を見せる一座は要りようと考えたようだ。

大奥勤めの女や尼僧は、ばんたび外出が許されている訳ではないので、葺屋町や木挽町《こびきちょう》での芝居見物もままならない。

そうした女たちの不満を晴らすためには、限られた女芝居一座が要りようとされたわけだ。芝居だけではなく手妻《てづま》や舞踊も披露《ひろう》する一座だ。

もっともそんな官許の一座が、寺の隅に筵を張った小屋で演じられるわけもなかった。

今日は特別な計らいで上演が許されたという触れ込みだが、羽衣座に女役者がいるとは聞いたことがない。

しかも今日に限って勧進元は博徒の鷲山一家となっている。

羽衣座はいわゆる『小屋貸し』である。

とはいえ男子禁制には変わりない。

「破落戸《ごろつき》も入れないのだから、女子《おなご》は安心して遊べるでしょう」

「お蜜さん、気を付けてくださいよ。破落戸はなにも男とは限りません。とくに今日の仕切りは弁天のお美羽です。堅気《かたぎ》じゃありません。それに本来の狙いは芝居ではありません。それにかこつけてこっちです」

橋蔵が壺に賽子《さいころ》を入れて振り落とす真似をした。

「承知しております。そのために橋蔵からいろいろ教えていただきました。そのお礼に、今度は私があっちを教えてあげましょう。振ったり、転がしたり……」

お蜜は、右手で筒を作り上下させ、左の手のひらを広げて玉を転がす真似をした。

「いや、そっちは遠慮しておきます」

橋蔵が一歩下がった。残念だ。お蜜はすっかり橋蔵が気に入っていたのだ。橋蔵さえ、うんと言ってくれたら、あちこちにいる情夫は全部切って一本にするつもりもあるのだが、なかなか色よい返事をくれないのだ。

「それでは、小屋へ行ってまいります」

「へい。あっしはずっとあそこの狛犬のあたりに居りますので、何事かあればあの笛を吹いておくんなさい」

「はい、確かに」

お蜜は胸襟《むなえり》のあたりを軽く叩き、羽衣座の木戸へと向かった。胸には竹笛が入っている。

すでに小屋の前に溜まっていた客たちは、木戸をくぐり始めている。

木戸の前に出した検台の後ろに若衆髷《わかしゅうまげ》を結った女がふたり立っていた。

木札の番号と前もって書きつけた名簿を照合しているようだ。この木札は橋蔵が胴元である鷲山一家を通じて手配してきたものだ。

素性《すじょう》がはっきりしている女にだけ渡されるというが、風太郎に言わせれば、逆に素性を聞き出すために、この興行を開いているのではないか、ということであった。

木戸番は男衆と相場が決まっているが、今日は何からなにまで、女が仕切ると決めているようだ。

「京橋の津軽屋のお蜜さまで。ようこそいらっしゃいました。ささ、どうぞ。私は春丸《はるまる》と申します。御案内役を務めさせていただきます」

「よろしく願います」

お蜜は春丸の後に続いた。

色白で目は細めだが、少し目じりが下がっていて愛嬌《あいきょう》のある顔をしている。袴《はかま》を着けているが尻がぷりっと突き出した愛くるしい娘だ。

筵掛けの小屋ではあったが、土間ではなくきちんと板の間になっており、その上にぶ厚い座布団が並べられている。

もうひとつ驚いたのは、宮地芝居の小屋は屋根を張ってはならない決まりなのだが、きちんと天井が掛かっていることだ。

お蜜が不思議そうにその天井を眺めながら歩いていると、振り向いた春丸が、にっこり笑って言った。

「今朝のうちに取り付けたのです。本日一夜限りのお許しで、天井も板の間も取り付けることになりました」

「よくぞ、お奉行所がそのようなお許しをしてくれましたね」

お蜜は目を丸くして聞いた。

「大奥のお偉い方がお見えになるからです。今朝ほどその報《しら》せがあったので、急いで材料を運びこませ、大道具一同で俄《にわ》かに拵《こしら》えました。ですから朝からのいつもの興行は中止になったのです」

「それは大変でございましたね」

鷹揚《おうよう》にこたえ、定められた桟敷席へと座った。

宮地芝居小屋とはいえ、羽衣座は百五十人ほどは座れる広さがあった。板の間にぎゅうぎゅうに詰め、立ち見も含めれば優に二百人は入れ込めるだろう。

そこに今日は三十人しかいない。

所詮《しょせん》、芝居興行とは隠れ蓑《みの》でしかないのが見え見えだ。

賭場《とば》ならちょうどよい客数だ。

二

「とざいとーざい」

席にあった緑茶と稲荷《いなり》寿司を摘《つ》まんでいると、いきなり幕が開いた。舞台には若衆姿の女が五人並び、お辞儀をしている。

先ほどの春丸もいた。

頭《ず》を上げるとなんと上半身は裸で、肩衣《かたぎぬ》だけを着けている。乳房のふくらみははっきりわかるが、てっぺんの乳首だけは見えないあんばいだ。

桟敷の前方からやんやの喝采《かっさい》が飛んだ。

大奥女中の一行のようだ。

さほど多くはない。背中を数えてみると七名ほどで、中央の女がもっともよい着物を着ていた。

あれは御中臈《おちゅうろう》であろう。取り巻きはさほど身分の高くない女中たちと見た。慰安に連れてきたのであろう。

舞台の若衆五人は、立ち上がると肩衣も袴を脱ぎ、赤い腰巻一枚になって踊りを披露した。

かっぽれだ。乳を見せた格好で、今度は腰巻を捲《めく》って見せるのである。時おり毛もまん処の秘裂も見えた。

春丸の陰毛は一文字に刈《か》り揃えられている。

お蜜の隣に間隔をあけて座っていた商家の女将と思《おぼ》しき年増が『春丸っ、吉丸《よしまる》っ、もっといっぱい捲ってお見せっ』と叫んでいる。

女が女のまん処を見るのがそれほど嬉《うれ》しいことかとお蜜は思うのだが、そっちの気のある女か、はたまた嗜虐《しぎゃく》の癖のある女であれば、そう叫びたくもなるのだろう。

とはいえ、これはもはや大奥などに出向く女芝居ではなく、紛《まご》うことなき闇の見世物であることは一目瞭然である。

だが物の試しに見物するのは悪くない。

「滝沢《たきざわ》様が、男根がみたいとおっしゃっているっ。お勝《かつ》、股のあれを見せぇ」

大奥女中と思しき女のひとりが声を張り上げた。卑猥《ひわい》な笑いが起こる。妹お洋の朋輩《ほうばい》だろうか。あのような者たちと共にはたらいているとすれば、お洋もさぞかし難儀であろう。

大奥にいる女もいろいろだ。

まぁ、女だって助平なのだからしかたあるまい。

「おっ」

お蜜は唸《うな》った。

「やだ、大きい」

隣の女も膝を叩いた。

お勝という女が腰巻をはらりと落とすと、股に天狗《てんぐ》の面が着けられていた。その太く長い鼻が反りかえっている。お勝は色黒で、目も鼻も大きな女だ。乳と腹が出ている。

「それよ、それよ、それをさすって見せて」

大奥女中ばかりではなく、振袖姿の町娘たちも大はしゃぎだ。

風紀紊乱《ふうきびんらん》改め方ならば、このような淫らな見世物こそ取り締まらなくてはならぬのではないか。

お勝は天狗の鼻先を客席に向けると、男が手すさびをするように、しゅっ、しゅしゅっ、とさすってにやりと笑う。客も笑った。

「お勝さま、お許しを」

と突如、春丸が芝居を始めた。舞台の中ほどで土下座をしている。

三味、笛、鼓《つづみ》の音曲が入った。清掻《すががき》『吉原雀《すずめ》』である。軽快で聞く者の気持ちを昂《たかぶ》らせてくれる音曲だ。

「春丸、そのほう、また湯殿で手淫したであろう」

天狗の面を股に着けたお勝が歩み寄る。

「ははぁ。お見通しの通り、春丸は手まん処をしておりましたぁ」

「淫らな女子じゃ。して何を妄想しておった」

お勝が、赤い天狗の面ごとずずっと春丸に歩み寄っていく。

脈絡のない小芝居の展開だが、これが折檻《せっかん》をしようとしている場であることは客席にも伝わってくる。

「恥ずかしながら申し上げまする。春丸は、お勝さまのその天狗に突かれることを思い、指でおまん処を掻きまわしておりました」

「なんとっ。そなたはこの天狗が欲しいのか」

まさに田舎芝居の運びなのだが、客席は固唾《かたず》を呑んで、次の展開を待っている。

「はいっ。欲しゅうございまする」

春丸が言うとお勝は、いきなり客席を向き、愛想笑いを浮かべた。そして見物たちを手招きする。

「ここは極めつけですよ。どうぞ前に」

天狗の鼻柱をさすりながら言う。

「えっ、そんな。何が始まるのですか」

「まぁまぁ、見てのお楽しみ……」

「見ましょう。見ましょう。そうですよ滝沢様が率先しているのに、わらわたちが退いていてどうします」

大奥一行がずるずると膝を進める。

「奥方様も、まいりましょう」

どこかの武家の女中が奥方の手を引いている。

商家の内儀も娘も、見物たちはこぞって舞台前に進んでいった。

お蜜も立ち上がった。

やることは見当がつき、それ自体はどうでもよかったのだが、大奥の滝川はじめ、ここに集まっている女たちの顔をひと通り見ておきたかった。

舞台下に、女たちが並んだ。まさにかぶりつきである。

見物がうち揃ったところで、お勝は春丸に向き直った。

芝居の顔に戻る。

「春丸、ならば股を開くがよいっ」

この間、ずっと四つん這いで股を弄《いじ》っていた春丸が、

「はいっ、お勝さまっ」

と応えて、いきなり舞台に尻を置きなおし、大きく開脚した。

「それでは開いていることにならん。開くとは奥の奥まで見せることだ」

「ぁあ、そうでございました」

春丸は人差し指と中指を股間に這わせ、薄い肉襞を左右に大きく寛《くつろ》がせた。

そこで明かり取りの窓が開き、一点の光が差し込まれ、春丸の股間を照らす。

「まぁ、いやらしいあそこだこと」

商家の女将が、呆《あき》れたように手に口を当てていったが、目は大きく見開いていた。

春丸の黒々とした陰毛の下、くわっと開いた熟した肉木通《にくあけび》に午後の陽光が当たっているが、とにかく中はぐちゃぐちゃした様子だ。

「お内証《ないしょう》、なにもされていないのに、あんなに汁がしたたり落ちていますわ。あの春丸とやら、ほんとうにすけべえなんですね」

連れの女中らしき女も、そう言いながら舞台の上に首を突き出している。

大奥の女たちは無言で覗《のぞ》いているが、いずれも着物の上から、指で股間を強く押している。

「お勝、勿体《もったい》付けずに、先へ進めなさい」

春丸の股間を一番近いところから覗いていた滝川という大奥の御中臈らしき女が、甲高《かんだか》い声をあげた。欲情しているのか声が上ずっている。

「はい。今日は特別に。滝川様からお許しを得ていますので、それでは張り形ではなく本棹《ほんざお》で」

お勝が舞台の上手《かみて》袖へ手を振った。頰被りをした男が飛び出してきた。

紛うことなく、これは男だ。毟っ引きのように端折《はしょ》った浴衣《ゆかた》の前から男根が突き出ていた。木刀の尖端のように反り返った肉茎だ。

「えっ、お勝さん、あたい本棹なんて聞いていませんよ」

春丸が狼狽《うろた》え、腰を退いた。

「吉丸、お宮《みや》、豊若《とよわか》、春丸を押さえつけよっ」

お勝が背後にいる若衆役の女たちに命じた。女たちはすぐに春丸を囲み、ひとりが肩を押さえ、ふたりが両足をそれぞれ抱えるようにして股を満開にさせたまま、男の方へと向けた。

「いやぁあ、男は嫌いでございます。許してくださいぃ、それだけは」

春丸が泣きじゃくり、激しく身体を揺すった。押さえ込んでいる女たちも振り飛ばされそうな勢いだ。

これは芝居ではない。

人前での無理姦淫だ。

見世物にもほどがないか。とはいえ、ここで助けに出るわけにもいかず、お蜜は一部始終を目に焼きつけておかねばと、首を長く伸ばした。

「さぁ、政五郎さん、とっととやっちまってくださいよ。滝川様の御不興を買ってはなりませぬぞ」

お勝が頬被り男の背中を押した。

――政五郎。

あれが女衒《ぜげん》にして弁天のお美羽の情夫、政五郎に違いない。もともと役者だったとはきいているが、闇芝居の男根役者にまで落ちていたわけだ。

「こうもじたばたされたんじゃあ、挿し込み口が動いてかなわねぇ」

政五郎は床に膝立ちになり、棹を春丸のまん処に押し当てた。揺れ動くので滑っている。

「ええい、この百合女子《ゆりおなご》めっ。あたいが押さえ込んでやるよ」

お勝は、いきなり春丸の頬を二発打擲《ちょうちゃく》した。

押さえ込んでいた女たちが離れ、その周りに蹲踞《そんきょ》座りした。客席にまん処を向ける格好だ。いずれも陰唇は半開きで中はたっぷり濡れて光っている。

「あっ」

と、春丸が怯《ひる》んだ隙に、お勝は股の天狗の面をかなぐり捨て、春丸の顔面に跨《また》がり、まん処を押し付けた。

「はぅ、ふはっ」

春丸の小さな顔が、お勝の巨尻で潰《つぶ》されてしまいそうだ。

「さぁ、四の五の言わせないから、政五郎さん、おやり」

「おうっ」

政五郎が硬直した肉刀の尖端をまん処に合わせると、ぐいっと腰を送り込んだ。

一気に棹の中ほどまで潜り込んでいく。秘孔から蜜飛沫《しぶき》が上がった。政五郎の臍《へそ》のあたりがびちょびちょだ。

「あぁあああぁ、男はいやぁあああああ」

春丸がお勝の股の下で、盛んに首を振っている。

「さぁさ、盛大におやりよ。出すところまで、ちゃんと見せてくださいよ」

「おうっ。女の客ばかりだと、ちょいと照れくせぇが、男の迫力がどれほどのものか見せてやる」

政五郎はさらに腰を送り込み、根元まで押し込むと、体重をぐっとかけた。

「あぁあああ、あれではおまんの奥が潰れますよ。なんてことを、ひどいですわ」

ひとりの娘がそう言うが、その隣の娘は、

「私もあんなふうにされてみたい……奥の奥を思い切り押して欲しい」

と着物の中に挿し込んだ手を忙《せわ》しなく動かし始めた。

「ふぅう、張り形を散々使っていると聞いたから、もっと広くなっているかと思いきや、この女、狭いじゃないか。きつくて猛烈に締め付けてくるぞ」

政五郎がゆっくり抽送《ちゅうそう》を開始しながら、手の甲で額の汗を拭《ぬぐ》っている。

ずんちゅ、ぬんちゃっ、しゅっぽ、ずっぽ。

静まり返った芝居小屋の中に、政五郎と春丸の肉が擦《こす》れ合う音が鳴り響いた。

「ああ、いやらしすぎます」

「わらわも、もうじっとしておれませぬ」

舞台上の若衆役の女たちが、一斉にまん処いじりを始めた。見物を煽《あお》っているのだ。

お勝が客席に顔を向けて、にたぁと笑う。よく日に焼けた顔だが歯は白かった。

「ここ、くじりどころですよ。いいんです。男は見てません。政五郎さんはここから一気に腰を振ります。さぁ、みなさん春丸になったつもりで……ただ潮は厠《かわや》で撒《ま》いてくださいな」

お勝は、そう言って再び春丸にビンタをくれた。

「おまえは挿し込んでもらっているんだから、舐めるんだよっ」

「はい、ふはっ」

春丸が舌を使いだす。お勝は口を開いてよがり始めた。

「ぁあああぁ、そう、さねをべろれ」

農家の出らしい土臭いお勝の顔が、淫らに蕩《とろ》けていく。今まで醜女《しこめ》に見えていたその顔が、なにやら艶《つや》っぽく輝きだしてくるから不思議だ。

淫欲を満たしていく途中の女は誰も美しい。

政五郎が、すぱん、すぱん、すぱん、ぱんっ、ぱんっ、ぱんっと抜き差しを速める頃には、舞台の上も下も、女たちはみんな股を擦り、乳房を揉《も》んでいた。

恥ずかしながら、お蜜もしないわけにはいかない気持ちになっていた。

袋帯のやや下から着物の中に手を差し込み、襦袢《ジユバン》の奥へと進ませた指で、まん処を執拗《しつよう》に捏《こ》ねまわした。

もう女肉はとろとろになっていたが、とにもかくにも他人様の肉交を堂々と見ながら、自触り出来ることなどめったにないので、盛大にくじいた。

「あぁあああああああああああああ」

春丸がお勝を跳ね除けんばかりに暴れた。達してしまったようだ。

「いやぁああ、私もしっこ漏れそう」

町娘が股間を押さえたまま、小走りに厠へと向かった。

「ぁあああっ、いくっ」

滝沢は腰をくねらせていた。女中たちの中には、その場にへたり込んでいるものもいる。しどけなく、開いたままの胸襟から乳房がまろび出たままだ。

あちこちから感極まった声が上がる。

お蜜も佳境に入っていた。人差し指で女芽《めめ》を強く擦った。腰ががくがくと揺れる。

「おぉおおお、締まるっ、締まるっ、締まるっ。くわっ」

政五郎が土手をぴたりと押し付けたまま、顎《あご》を突き上げた。肩が震えている。

「お前さんっ、そこで抜いて見せな。本気の証《あかし》をみせなくちゃっ」

袖から顔を見せた女が言った。島田の髷に盲縞《めくらじま》の浴衣を崩して着ていた。

弁天のお美羽とはあの女だろうか。いかにも気の強そうな顔つきだが、滝沢の方を向いて一礼した。

滝沢も頷《うなず》いている。

その直後、政五郎がすぽんっと肉刀を抜き、客席に向けた。

「ひゃああッ、鯰《なまず》の顔のようででございますよ」

そう言った大奥女中の顔面に、どびゅっと精汁玉が飛んだ。

「わっ、わわわっ。何ということを」

女中は真っ赤な顔になって怒りをあらわにした。

「佳乃《よしの》、何を怒っている。精汁を浴びるは女冥利《おんなみょうり》というもの。顔に付いた汁はすべて舐め尽くしなされっ」

滝沢が女中を叱咤《しった》した。

女中は慌てて顔に付着した精汁を指で掬《すく》い舐め始めた。

この瞬間、お蜜にも絶頂は来た。痺《しび》れるような快感が総身を駆け巡ってきたのだ。

「はううう」

その場にしゃがみ込んで体を震わせた。こんなことは初めてだった。そこで幕が引かれた。

しばらくは、絶頂を迎えた女たちが息を整える間となった。欲情が発散された女たちが徐々に正気へと戻り始める。

幕の向こう側で起こったことが、幻であったようでならない。皆そんな気持ちのようだ。

「余興はこれまででござりまする」

舞台袖から先ほど政五郎に声をかけた女が降りてきた。浴衣の上に鷲山一家の印半纏《しるしばんてん》を着ていた。

滝沢の前に進み出て正座し、頭を下げる。

他の商家の女たちは、元の席へ戻っていた。いずれも巾着《きんちゃく》の中を覗き、持参の小判を数えているようだ。

お蜜はさりげなくまだ立ち上がれない体《てい》を装って、近くに座り込んでいた。

「お美羽。楽しませてもらった。これは御城へは上げるわけにはいかぬ余興ゆえ、ときどき頼もうぞ。この者たちも、久しぶりに男の逸物《いちもつ》を見たはずじゃ。しばらくこれで手すさびが出来るというもの。この後は賭場を開くがよい」

なるほどこの後、いよいよここは鉄火場となるようだ。

席に戻った女たちは賭場であることを承知で札を買っているということだ。蛇《じゃ》の道は蛇《へび》。鷲山一家の者たちが、陰でひそかに、女のための賭場を広めているということだ。

そのための女芝居の興行。これは合点がいく。

「ありがたきお言葉。滝沢様のおかげで盆が開けるというものです。冥加金《みょうがきん》は寺を通して、しかるべきところへお届けいたします」

「どこに納めていただくのがよいのかは、藤島《ふじしま》様と相談しおって使いを出します」

驚いた。藤島という名は妹お洋からも聞いている。

大奥御年寄《おとしより》にして次の総取締役との呼び声の高い女だ。

「はい、いつか藤島様にも女芝居をご覧いただけたならば」

「そうだのう。それにはこのような筵がけ小屋では無理であろう」

「いかにも」

「まぁ、そのへんは、そちの目指す官許の賭場と関わってくること。いずれ本櫓か、せめて控櫓で女芝居と賭場を楽しめるときがこようぞ」

滝沢はそう言うと立ち上がった。女中たちも慌てて立ち上がる。さすがに滝沢たちは博打《ばくち》には手を出さないようだ。

「お駕籠のご用意がととのっておりまする」

いつのまにか木戸との境の廊下に春丸が座していた。その双眸《そうぼう》はまだ淫らに輝いている。この女は被虐の質《たち》であろう。

三

「見てのとおり、この盆は大奥の御中臈様のお墨付き。ご安心して遊ばれよ」

鷲山一家の若い衆が出てきて客たちに諭《さと》した。

「それは安心ですよ。それなら堂々を遊んでいけます。私たちのような堅気の女が、出入りできる賭場など他にありませんからね」

神田の材木屋『与井屋《よいや》』の内儀だという女将が懐《ふところ》から一両小判を抜き出しながら言った。名はお琴《こと》だそうだ。

「そうですとも。仮に行ける賭場があったとしても、亭主には言えないですもの。

これだと女芝居を見に行き、帰りに知り合った方々とお蕎麦《そば》を食べてきたと言ったらいいんですからね。あっ、私、金町《かなまち》の旅籠《はたご》『虎乃屋《とらのや》』の内儀であかねと言います。皆さんよろしく」

やはり女芝居という隠れ蓑が効いている。この建前で女たちは博打に行くとは言わずに、家を出てくるのだ。

「負けは、贔屓の役者へのおひねりだといえばごまかせますしね。どうも、あたしは芝三田《しばみた》の横新町《よこしんまち》で廻船問屋をしております『銚丸屋《ちょうまるや》』の次女、喜代《きよ》と申します。ここへは手習所のお仲間の加奈《かな》ちゃんと一緒に来ました。女筆指南《にょひつ》のお琴さんが鷲山の代貸しさんなら安心だっていうし」

「あたいがその加奈です」

「同じく芝三田の小間物屋『伊東《いとう》』の三女、由香里《ゆかり》と申します。初めてなのでお互い二両までと決めています。えへっ」

三人とも十八ぐらいだろうか。銭は店の帳場からくすねて来たに違いない。

それにしても見事なほど名の通った商家の内儀や娘ばかりだ。

なるほど格好の餌食《えじき》となる。よく調べたうえで女芝居の木札を売っているのだ。

他にも旗本の若い奥方や娘もいた。

聞けばいずれも七百石級の旗本だったので、威厳はあってもここにいる商家の娘たちよりも巾着の中身は少ないようだ。

見得《みえ》を張る金がなくて、一勝負にきたようだ。

吉原に売れば『姫様崩れ』といわれる逸材である。

「私の番だね。お蜜といいます。京橋の木綿問屋『津軽屋』の嫁で、店の切り盛りもしておりますので、いちおう女将とも名乗らせていただいております。初会ですからお手柔らかに」

お蜜はにこやかに笑ってみせた。

じきに桟敷に畳二畳が運び込まれ、その上に白い布が掛けられた。盆だ。その周りに紺色《こんいろ》の座布団が人数分敷かれる。

盆の正面中央だけ座布団が敷かれていない。壺振りが座る場所のようだ。何も隠せないというのだろう。

「ではお客人、さきにコマ札をお求めください。あっしは中盆《なかぼん》を務める佐吉《さきち》というけちな野郎です」

中盆とは壺振りの脇に座り、丁と半の数が均等になるように調整する役だ。お蜜はそうしたことも橋蔵から聞いてきていた。

痩せこけた頬で目つきが悪いが、色男ではあった。いずれこれも役者崩れではないか。そうだとすれば博徒の鷲山一家と女衒の政五郎一家はもはや、ひとつの家のようなものだ。

桟敷席の隅の方に帳場が立った。

長火鉢と細長い縁台が置かれ、その上にコマ札と呼ばれる木札が積まれている。幅三寸（約九センチ）、長さ五寸（約十五センチ）、厚みが三厘《りん》（約一センチ）ほどの木札だ。

「今夜はこの木札は一枚が四百文（約一万円）。日頃うちが上げる盆の倍ですが、おそらく皆さんは、そのぐらいの賭けじゃないと熱がはいらないでしょう。長屋の縁台でやる将棋の勝ち負けならせいぜい二十文（約五百円）の勝負。そんなものは博打とは言いません。のるかそるか震えるような気持ちなって壺が上がるのを待つのが博打ってもんでござんす。えっ、あっしですか。代貸しの長兵衛《ちょうべえ》と申しやす」

帳場にたかる女たちに、長兵衛はそんなことを言った。

女たちがつぎつぎと両替をしはじめる。お蜜はまず一両（約十万円）を払い、十枚の木札を手にした。

「『津軽屋』さん、一両とは手堅いですな。博打はご自分がここぞと感じたときは、思い切り大きく張るのが醍醐味《だいごみ》というものです。二両は替えておいた方がいいのでは」

長兵衛が唆《そその》かしてきた。

「そうですかい。では、三両替えておきましょう。すってんてんになったところで止《や》めておきますよ。後は駕籠代ぐらいしかもっていないのでね」

お蜜はあたかも長兵衛の口車に乗ったごとく、巾着からさらに二枚の小判を取り出して、帳台に乗せた。

「なあに、波に乗っていると思ったときは、追い打ちをかけるもんです。そこに立替処を設けておりますす。おひとり百両（約一千万円）まで融通しますよ。波に乗ったと思ったさいには大きく借りて、追い打ちをかけて、じゃんじゃん儲《もう》けてください」

「負けたら、とっとと帰れということですか」

「津軽屋さん、なんでそんな負けたときのことばかり考える。気持ちで負けてしまったらツキはこねぇです。博打は波の摑《つか》み方ですよ。潮が引いているときは、一枚こっきりで凌《しの》ぐんですよ」

「でも十回続けて負けたら、一両消えちゃうじゃないですか」

「津軽屋さん、また負けたときの算段ですか。賭場で縁起でもねぇこといいますね。まぁあっしがこれまで見て来たところ、十回続けて負けた方は稀《まれ》ですよ。その方も、十一回目に負けた分の二倍張ったら、一気に取り戻しましてね。そこからはもう大波に乗りまして、うちのほうが若い衆を両替屋に走らせる始末で」

長兵衛が滔々《とうとう》と語った。お蜜に聞かせているようでいて、ここにいるすべての女に伝わるように言っているのだ。

お蜜は岡っ引きの橋蔵から、賭場が初手の客には必ずそう言うと聞いていた。それで勝っても負けても、熱中するように仕向けるのだ。気が付けば必ず大きく負けることになる。賭場を閉める頃合いは胴元の気分次第だからだ。

「そりゃいいこと聞きました。心して臨みますよ」

お蜜はすっかり騙《だま》された顔をして、立替処の方を見た。二十五両ずつ包んだ小判が、広げた紫の風呂敷の上に饅頭《まんじゅう》のように積まれていた。

「入ります」

弁天のお美羽が中央の席で筒形の壺に賽子二個を放り込んだ。

盆を囲んだ約二十人の客は固唾を呑んでその様子を見守った。

客はすべて女なのだが、弁天のお美羽が身に着けているのは、さらしを幾重《いくえ》にも巻いた胴巻きだけで、乳房もまん処も晒《さら》したままだった。

いかさまは一切しないという身の証のため、壺振りは半裸になっているのだそうだ。

胴に巻いた真っ白なさらしも、何かを取り出したり入れたりすることなど出来ないように、隙間なくきっちり締め付けられていた。

しかし、何も立て膝で壺を振ることはないのではないかと思うが、これも中盆の佐吉いわく、

『みなさんご存じのように女は股の間にも隠し処があるんで、そこを晒しているんです』

ということであった。

男の客ならば気が散ってしょうがあるまい。女でも多少気になる。

お美羽が頭の横のあたりで壺を振ると賽子がぶつかり合う音がした。お蜜はその眼がどこを向いているか凝視した。

「はっ」という気合いの声と共に、壺が盆の上に振り下ろされる。

「入りました」

お美羽が言い、壺から手を引いた。

「さぁ、張ったっ。張ったっ。半方ないか、丁方ないか」

中盆が威勢の良い声を張り上げる。芝居ではこの様子をなんどか見たことがあるが、本物の鉄火場は、お蜜も初めてである。

「半っ」

最初なのでお蜜はやま勘《かん》で賭けた。

するとと旅籠虎乃屋のお内儀あかねが乗ってきた。

「ならあたしは丁っ」

「あたいも丁っ」

手習い屋の朋輩同士の娘ふたりは逆張りをしてみせた。

お美羽がすっと佐吉の顔を見たようだ。そんな気がしたのだ。膝を立てたほうの足の爪先を軽く上げ下げしたようにも見えた。

そんなことはお構いなしに、客たちは丁だ半だと札を盆に置いていく。

「丁方、いないか、丁方いませんか」

　中盆は声を上げ続けている。

　丁半、それぞれ同人数になるまで声をかけ続けるのだ。この場では、このとき、張り先を変えてもいい決まりだ。

「では私、丁に直ります」

　旗本青山《あおやま》家の娘、雅江《まさえ》が札の置き方を横長から縦長に変えた。これもこの場の決まりごとで、半は木札の長い方を横に置き、丁は縦にする。中盆は常にその札の様子を目で追っているのだ。

「丁半、あい揃いました」

「では」

　と、お美羽は壺を上げる。

「四二の丁」

　佐吉のよく通る声が響いた。

「わぁ、勝ったわ。加奈ちゃんも勝ちね」

　廻船問屋の喜代が満面に笑みを浮かべ、朋輩の加奈の膝を叩いている。お蜜の前に熊手が伸びてきて、木札はあっさり持っていかれる。逆に喜代と加奈、それに直前に丁に乗り換えた雅江には札が押されていく。

半数が勝ち、半数が負ける。歓喜と落胆の声も半々だ。賭場は一気に熱を帯びた。

「入ります」

お美羽が壺を振る。

「半方ないか、丁方ないか」

佐吉の声も次第に甲高くなる。いつの間にか、その速度が速くなる。客が即断してコマ札を置くようになったからだ。

勝ったり負けたりだが、徐々に廻船問屋の喜代と加奈の札が増えている。十枚で始めた札がいまはどちらも二十五枚ほどになっている。

お蜜も二十枚になっていた。都合十枚の勝ちだ。

簡単だ。ある時から喜代と加奈に乗っていけば、勝ち目が出ると気づいたからだ。ふたりは常に揃って同じ目に賭けていた。

お美羽はふたりが丁と賭ければ爪先を二度上げ下げする。とんとんと桟敷の板を叩いているようだ。半と張れば三度叩く。

『大奥の偉い方がくることになったので、今朝からあわてて土間を板の間に変えました。一夜限りのお許しでして』

ここに来たとき、春丸がそう言ったのを思い出す。

棟上げしただけの仮設の板の間だ。中に人が入っていてもおかしくない。賽子に細工がしてあり、盆の下で磁石で動かす。その手に違いなかった。

お美羽が真っ裸でまん処まで晒しているのは、単に気を惹《ひ》くためだ。客はついついそこばかりを見てしまう。孔《あな》に秘密はないのだ。

四半刻（約三十分）ほど根を詰めて打ったところで、佐吉が一服入れましょうと言った。お美羽が頷き、若い衆が持ってきた煙管《キセル》に火をつけた。

一服だ。

代貸しの長兵衛が盆の周りをうろうろしながら、客に声をかけていく。

「お嬢さんがた、大波に乗っていますね。こんな波がきているのに、一枚やそこらじゃもったいないですよ。二枚張り、三枚張りをしていたら、いまごろ百両（約一千万円）は勝っている。さすが大身の店のお嬢さんは、最初《はな》から持っている運が、あっしらのような半端者《はんぱもの》とはちがうんでしょうな」

「おおっと、旗本の御姫様、五枚のへこみですか。そのぐらいでじたばたすることはありゃしませんよ。ここは二枚賭け三回で逆転です。そこから運が開けるってもんでしょう」

「あぁ与井屋さんのお内儀、すってんてんですね。どうしますか。ここで諦《あきら》めたら五両（約五十万円）を溝《どぶ》に捨てたようなもんです。どうでしょうお琴さん、こちらでいくらか融通しましょうか」

「そうだねぇ。五両ばかり回してもらえるかい。でもそれもすっちまったら、あたしゃ、岡場所にでも売られるのかい。この歳じゃぁ、吉原は無理だろうからねえ」

お琴は三十路《みそじ》ぐらいのようだ。

「滅相《めっそう》もない。お内儀さんをそんなところにやるもんですか。ここは大奥御中臈お墨付きの女盆ですよ。そんなことをしたらあっしらの首が刎《は》ねられます。証文さえ書いてくれたら、いいんですよ。期限は一年。その間には、勝運も来るというもの。へい、一分だけ利息はもらいますよ。月の終わりに利息だけいれてくれりゃぁいいんです」

長兵衛はかっかっかっと笑った。

その一分は、年でも月でもなく十日なのではないか。お蜜はそう想像した。

「よござんす。それなら今日負けても、次がありますね」

「へい、次は十五日に市ケ谷《いちがや》の勝松寺《しょうまつじ》で昼の盆を開くつもりです。毎度女芝居の蓑は晴れませんが、皆さんもうちが安心して遊べる場所だとわかったでしょう」

すぐに若い衆が証文を持ってきた。

「ほらこの通り」

長々と約定が書いてあるが、長兵衛は利子一分と書かれたところだけを指差していた。たぶんその下に小さく『但し、十日ごと』とか書かれていそうだ。

だがお琴は、一分と金五両だけを確認すると、すらすらと筆を走らせ、朱肉を使い爪印《つめいん》を押してしまった。

やれやれ材木屋の『与井屋』は一年と持つまい。

盆が再開された。

「では、あたしたちは丁に三枚（約三万円分）張ります」

一気に場の熱が上がった。

ここまで勝っていた者も負けていた者も、容易に借金が出来ると思い込み、コマ札の枚数をいきなり増やし始めた。

賽の目一発で二十五両（約二百五十万円）単位の金が動きだしているのだが、つかっているのは木札なので、誰もが遊び気分が抜けていない。

お蜜だけは、どこかでくるはずのどんでん返しを待ちながら、小さく賭け続けた。ここまでくると的にかけられているのは喜代と加奈だということは容易に察しが付く。

どんどん勝たせて金の勘定を麻痺《まひ》させているのだ。すでにふたりは三枚どころか五枚、七枚と張り始めている。

お美羽と佐吉はここまでふたりを三勝一敗の配分で進めてきている。四回に一度ぐらいは負けさせて真実味を持たせているわけだ。ふたりの持ち札は七十枚を超えている。

さらに四半刻が過ぎた頃、喜代が突然、持ち札の約半分にあたる三十枚を賭けてきた。

「半っ」

「なら、あたいも半に二十枚賭け」

十八やそこらの娘が、たった一度の賽の目に三両（約三十万円）もの大金を賭けているわけだ。

ふたりの目は博打の魔力に取り憑《つ》かれてしまったような色をしている。

親からくすねてきた金を数倍にもしているのだから無理もない。

ここが分水嶺《ぶんすいれい》になると、お蜜は踏んだ。

「丁」

と、お蜜はこの盆で初めて二枚置いてみた。小さな賭けだ。

果たしてお美羽は、正面を見据えたまま、爪先を二回だけ上げ下げした。小さな音がする。お蜜のここまでの見立てが正しければ、丁だ。

「半方、丁方、揃いました」

「ではっ」

お美羽が壺を上げる。

「ピン三の丁！」

「えぇえぇえぇえっ、負けたわぁ」

加奈が悲鳴を上げた。

「加奈ちゃん、何のこれしき。私らはまだ三十枚も持っているよ」

喜代はすでに博打の鬼に取り憑かれたようだ。

「そうだよね。あはは。弱気になったほうが運が逃げるね。次も二十枚行きましょう」

加奈も引きずられるように、強気を通そうとしていた。

案の定、次も負けた。残り札が十枚だ。

「ここはしのぎどころってやつよ。一枚ずつ賭けて、運が回るのを待ちましょう」

と喜代。いっぱしの博徒気取りだ。そこからは一勝三敗の配分で負けが込み、とうとうふたりはすっからかんになった。

「はてさて、おふたりさん、ちょっと波から外れましたか。どうです。二両ぐらい融通しましょうか」

寄ってきた長兵衛が笑顔で証文を勧めている。このふたりもあっさり落ちた。月の終わりには、どちらの店にも人相の悪い若い衆が、啖呵《たんか》を切りに行くことだろう。

「日も傾いてきました。そろそろ終《しま》いの一振りにいたしましょう」

佐吉がそう発した。

客の半分からため息と悲鳴が上がる。残り半分は、まずまずの顔だ。

お蜜は十枚の元手で三十枚上積んでいた。

最終の賽が振られた。

ぱんっ、と壺が盆に伏せられた。

喜代と加奈が借金で作った札をすべて張っていた。

「半っ」

「半よ。絶対に半がくるわ。これで帳消しだわっ」

加奈が喜代に呼応した。

「半っ」

お蜜もこれに乗った。いきなり三十枚すべてを盆に押し出す。お美羽がにやりと笑った。

爪先で二度、床を叩いた。

すかさずお蜜は拳《こぶし》で床を一発叩いた。

「気合いを入れなくてはね」

お美羽と佐吉の目が泳いだ。

お美羽が慌てて、ふたたび足で床を叩く。とんとん。続けざまにお蜜はまた拳で床をとんと叩いた。

お美羽がお蜜を睨《にら》みつけてきた。佐吉の目にも凶暴な光が浮かんだ。

すでに丁半の数は揃っている。

お美羽は自信がなさそうに壺を上げた。佐吉が顔をひきつらせた。

「五六の半っ」

佐吉の声は上ずっていた。

帳場から長兵衛が走り寄ってくる。鬼の形相《ぎょうそう》だ。

「うわぁ～勝ったっ。勝ったぁ。長兵衛さん、二十枚返します」

「結局、あたいら、勝ちも負けもせずだったわねぇ。何しに来たんだろう」

ふたりの娘は夢から覚めたような顔だ。

「へい、確かに」

長兵衛はふたりの前でびりびりと証文を破った。耳朶《みみたぶ》まで真っ赤にしてお美羽を睨んでいる。

そのお美羽が唇を噛みながら、お蜜を向いて顎をしゃくった。長兵衛は破った証文を盆の上にばら撒いたまま舞台の裏に消えていった。

木戸が開いた。

「お客様方、本日はご足労いただき誠にありがとうございました。お帰りの駕籠は手前どもで用意させていただきました。お代は結構、どうぞお使い下さいまし」

佐吉が客のひとりひとりに頭を下げて、見送りをはじめた。

「すってんてんになっても帰りの駕籠だけは出してもらえるんだねぇ」

借金まで背負った材木屋『与井屋』の内儀お琴は、不機嫌そうに駕籠に乗り込んでいった。

四

日が暮れた。

お蜜は鷲山一家の手配した町駕籠に乗って京橋へ戻るところだった。

だが――、

「ちょっとちょっと駕籠かきさん、道が違うようなんだけど」

駕籠は大川を渡らず、深川の方へと進んでいた。走っているのは川端だ。

「いや、あんたは京橋には帰れねぇ」

先頭の駕籠かきが言った。

「簀巻《すま》きにされて大川に放り込まれることになる。賭場で妙な真似をした奴は生きて帰れねぇのさ」

今度は後ろの駕籠かきが言い、駕籠はすっと荒れ寺へと入った。駕籠かきふたりが六尺棒で突いてきた。豊満な胸を突かれた。

ここで気絶させられ、身ぐるみはがされ、大川に放り込まれるのだろう。

「痛いっ」

駕籠から転げ落ちながら、お蜜は胸襟から竹笛を取り出し、吹いた。頬を膨《ふく》らませ、あたり一帯に響くように吹いた。

橋蔵がくれた笛は、自分でも驚くほど大きな音だった。

「な、なんでぇ。やかましいじゃねぇか」

「兄貴、喉を突いて伸ばしちまおう」

後方を担いでいた男が、棒の先端を突き出してくる。お蜜は石畳の上を転がった。着物の裾が乱れ、襦袢がはだけたが、かまっていられない。必死で笛を吹いた。

「御用、御用だっ。そこで何してやがる」

御用提灯《ちょうちん》をぶら提げた橋蔵が現れた。手下の銀次《ぎんじ》も連れている。銀次はすでに十手《じって》を抱えている。

「ちっ、岡っ引きかよ。ってぇことは、この女、やっぱ奉行所の密偵ってことか。ちっ、覚えてやがれよ。あの賭場には大奥がついてんだ。町奉行なんざ飛ばしてやるさ」

先頭の駕籠かきがそう言うと、ふたりは六尺棒をかなぐり捨てて逃げて行った。

「お蜜さん、ご無事で」

橋蔵が提灯を向けてきた。

「御覧の通り、蜜で濡れております」

お蜜は股を開いてまん処を見せた。

「だから、そういうことは聞いてねぇですから」

「ごめん。おかげで助かったわ。でもよく後をつけてきてくれましたね」

「へい。駕籠が出たときから方向がおかしいと思いましたので。それと、弁天のお美羽はこのあたりの船宿を塒《ねぐら》にしているってんで、そこに連れ込まれるのかと、思いましてね」

「あらそれなら、その船宿に行ってみようじゃないか」

そう決めて、お蜜は立ち上がった。橋蔵がなかなか欲情してくれないのが、やや気に入らない。

六つ半（午後七時頃）。

大川の川面《かわも》は糠雨《ぬかあめ》に泡立っていた。梅雨が最後の力を振り絞っているようである。

今川町《いまがわちょう》の船宿『川京《かわきょう》』。

銀次に見張りを頼み、部屋に上がったお蜜と橋蔵は隣の部屋から聞こえてくる声に、まんじりともせず耳を傾けていた。

薄壁だからよく聞こえた。

「津軽屋のお蜜とかいう内儀。あれは途中から気づいていたね。娘ふたりの賭けに乗っかりだしたときから、あたしゃ、怪しいと踏んでいたんだよ」

やはりお美羽も気づいていたのかと、お蜜は行灯《あんどん》を眺めながら顔を顰《しか》めた。

「まったくだ。おかげで娘ふたりを取り逃がしたぜ。あのふたりなら、吉原の大《おお》見世《みせ》にも売れたのにな」

声の主は花川戸の女衒政五郎だ。女芝居で春丸との姦淫を見せていた男だ。

「あんたの所の若い衆にももう一度しっかりあたしの足の音とそうじゃない音を聞き分けられるように仕込まないとね」

「床下に潜っていた五平《ごへい》は使えなかった。すまねぇな。鷲山の親分にも借りを作っちまった。だがよ。材木屋の内儀をカタに嵌《は》めることが出来たのは大きい。あれはきっと小池屋の重蔵さんも手柄と認めてくれる」

「そうよね。いずれ材木屋は大忙しになる。それを早めに小池屋が買い取っていたら米原様や藤島様への賄賂《わいろ》もさらに大きく出来るというもの。そうなりゃ……」

「ふふふ……。そうなりゃ、あたしらの賭場もじきに出来るってわけだわねぇ」

「そうだ。俺も吉原の仲見世の一軒ぐらい持ちたいもんだ。いつまでも女衒風情《ふぜい》でいたかねぇよ」

「いつ頃だろうねぇ。弁天党の乱とやらを起こせるのは」

「おっつけだろうよ」

と、がさごそと衣擦《きぬず》れの音がした。

「なんだい、お前さん、着物なんか捲らないでおくれよ。昼間、春丸とたっぷりやったんだろう」

「見世物でやるのと本気《まじ》はちげえだろう。おめえが一日中、まん処を晒しているのを眺めていたんだ。どうにももやもやしてしょうがねぇ」

「あらま、もうそんなになっているのかい。しょうがないねぇ」

しゃぶる音が聞こえてきた。

お蜜は目の前に座る橋蔵の顔を見つめた。涎《よだれ》が出てきそうだった。橋蔵がその顔の前で懸命に手を振っている。

じゅるっ。じゅるっ。とお美羽が舐めしゃぶる音が聞こえてきた。

「廻船問屋の娘なら次の賭場にも必ず来るよ。もうひとりは半々だが、あの喜代というのは、もう博打の虜《とりこ》になった眼をしていた。次は早めに追い込むさ」

「あぁあああん、もう挿《い》れたいのかい」

「当たり前だ」

そこからは、もう、くんずほぐれつの男と女の祭りの音しか聞こえなくなった。

小池屋、米原様という名が気になった。橋蔵も頷いている。

小池屋とは本石町の薬種問屋の小池屋だろうか。米原といえば幕府の作事奉行ではないか。

大奥の藤島は、妹のお洋に探らせるのが一番だろう。

お美羽と政五郎の喘ぎ声を聞きながら、お蜜たちは宿を出た。銀次が猪牙舟《ちょきぶね》に乗って待っていた。

＊

「あたしゃね。ちゃんとした商売をやるのが夢だったのさ」

お美羽は、政五郎の裸の上にかぶさり、乳粒をしゃぶり、魔羅《まら》をさすりながら、少し浮かれた気持ちになっていた。

「賭場がちゃんとした商売って言えるのかよ」

政五郎の乳粒を舌でべろりべろりとやるたびに、魔羅がビクンビクンと揺れ動く。手にしっかり馴染《なじ》んだ魔羅を握っていると妙に心が落ち着いた。

「官許をしてくれたなら、ちゃんとした商売さ。十手持ちがいつ踏み込んでくるかわからない闇の盆とはわけが違うよ」

お美羽は官許の賭場は、いわば両国回向院《りょうごくえこういん》の大相撲と同じようなものだととらえていた。

あれだって勧進元が預かり知らないだけで、客は博徒の一家の仕切る取り組みごとの勝敗賭博《とばく》を楽しんでいるから、あれだけ盛り上がるのだ。

寺社が開催する富籤《とみくじ》だって博打のひとつだろう。

ようは冥加金次第なのだ。

「そのぶん、いかさまは出来なくなるぞ」

「いかさまなんてやるもんですか。賭場主になったらあたしはもう壺は振らないよ。盆から上がる歩合だけでいいのさ。他に賭場の中に小芝居座や寄席、茶店を出して、それぞれ場代を頂いて、中身には関知しない。それが真っ当な商売ってもんだろう」

政五郎の乳粒に這わせていた舌を、徐々に下げて臍の周りを舐めた。

「くすぐってぇよ。小芝居はおれに任せてくれんだろう」

「あったりまえだよ。けどちゃんとした芝居をやっておくれ。色芝居はもうたくさんだよ。っていうか色稼業からは金輪際《こんりんざい》、手を退くよ。あんたもそう料簡《りょうけん》しておくれ。賭場でまん処を見せるような壺振りも使わない」

陰毛に息を吹きかけながら、魔羅の根元を擦る。

「おっ、ふぅう。そうそう色稼業を恨むなよ。おれもおめえも、他人《ひと》様のまん処や魔羅を舐めて、ここまでたどり着いたんじゃねぇか」

亀頭をかちんこちんに硬直させた政五郎が、身体を起こそうとした。

お美羽はその肩を押し、仰向けのままにさせた。

「おまえさんが下だよ」

お美羽は亀頭をぱくりと咥《くわ》えながら言った。

男に本手《ほんて》でやられるのが嫌だった。女郎時代に、日に何度も男にのしかかられたことを思い出すのだ。

湯島《ゆしま》の色街での年季が明けてからは、一切、腹の上に男を乗せていない。乗るのは常にお美羽の方だ。

「おまえさんも舐めておくれ」

お美羽は、亀頭の裏側の三角州を舐めながら、政五郎の顔の上に股間を乗せた。

「うぇ。べちょべちょだ」

顔面騎乗位。

男の顔をまん処で潰すのはなんともいい気持ちなのだ。政五郎の舌が動き始めた。

花びらを舌先で分け、秘孔から溢《あふ》れる蜜を掬う。そのまま花芯を下から上にべろべろと舐め上がり、てっぺんにある女の尖《とが》りを硬くした舌で突いてくる。

「あうぅっ」

腰を跳ね上げ、また政五郎の顔にがつんと落とす。政五郎の顔はまん汁でびちょびちょになっているはずだ。

十年もの間に、さんざん男に精汁をぶっかけられた仕返しだ。政五郎に恨みはないが、評判の女壺振りの情夫になれたおかげで、出世の道が開けたのだから、多少のはけ口にはなってもらう。

くちゅっ。べろっ、ちゅっちゅっ。

互いを舐め合う音が船宿の六畳間に響いた。

好きで女郎になる女なんかいるもんか。

お美羽は、安房《あわ》の漁師の家に生まれた。貧しい漁村であったが十三歳までは、暮らしはまずまずで、苦しい家の子供が女衒に売られていくのを、切ない気持ちで見送りながらも、お美羽自身は船大工の次男への縁談も持ち上がっていた。

なまじ十三まで女衒に売られることがなかったので、その後は損な女郎暮らしになった。

父がお美羽を嫁《とつ》がせるはずだった船大工の頭領と酒の席で喧嘩《けんか》になった。貰《もら》ってやるんだ、と高飛車にいわれたのが気に入らなかったらしい。

六合徳利で頭領の頭を叩き割っていた。それがもとで頭領は半身不随になった。

こうなるともう村にはいられなくなった。

お美羽は十三で女衒に売られた。

村一番の容姿の幼子といわれたお美羽だ。どうせなら五歳で手放してくれていたならば、吉原で禿《かむろ》として、蝶《ちょう》よ花よと育てられたかも知れないのだ。

それが湯島の淫売宿だ。天神様に参拝に来た帰りに一発出して帰るためだけの宿である。

お美羽は歯を食いしばり、年季明けまで一切借金を増やさず、十年で明けた。

年季が明けて淫売宿から出てみると、世間の風はさらに冷たかった。

吉原女郎なら多少の教養も身についたことだろうが、読み書きすら満足にできない女郎上がりに出来ることと言えば、結局、男と寝ることとぐらいしかなかったのだ。

淫売を続けながら、壺振りの技を身に着けた。結局、まっとうな商売は無理で、女芝居や手妻師、三味線でも弾けたら門付け芸人という道もあったが、稼げるのは破落戸と手を組む女壺振りだった。

何のことはない、まん処を見せて男客の気をそこに集中させて、八百長をやるのだから、色商売と何も変わらない。

だがその縁で鷲山一家の後ろ盾《だて》を得て、一年後には新興の薬種問屋を営む小池屋重蔵と知り合うことになった。

小池屋は賭場を楽しむために来たわけではなく、鷲山一家の仕切る盆の金主になったのだ。

新興の薬種問屋で、老舗《しにせ》に何かと圧力をかけられる小池屋にはある企みがあった。

賭場に自分を疎外《そがい》した老舗の薬種問屋や、その仲間たちのお内儀や娘を連れてこさせたのだ。

その役を受けたのが役者崩れの女衒、政五郎だ。世襲ばかりの役者が幅を利かす本櫓では、うまい芝居をするほど妬《ねた》まれ、爪はじきにされた。

お美羽、小池屋重蔵、政五郎は気が合った。

三人ともどんなに頑張っても、すでに出来上がっている江戸の商売の機構では、立つ瀬がなかったのだ。

お美羽は、いつの間にか弱い立場のわれらは善で、強い立場で富と享楽を手にいれている者たちは、みな悪であるというふうに考えるようなった。

小池屋が商売を広げるうえで必要な策略に手を貸すことにした。

政五郎が陰間役者を使い、女を誘い、賭場に連れてくる。そこでお美羽がうまく操《あやつ》る。

いつしか小池屋の商売は拡大し、とうとう作事奉行や大奥御年寄にまでたどり着くようになった。

新参者を拒《こば》む、旧《ふる》い商慣習を叩き壊し、懸命に働いた者が富を手にできる世にしよう。

老中首座水野忠邦は、そんな世直しをなさろうとしている、という。

この機会を逃してはけっしてならない。

お美羽は、充分にいきり勃《た》った政五郎の鬼魔羅を口から引き抜き、今度は尻山をその上に持ってきた。

上から被せるのは爽快《そうかい》だ。ぐっと尻山を下げた。御真中口《おまんこう》に鬼魔羅が分け入ってくる。

「くぅう」

お美羽は懸命に膣壺を振った。こっちの壺はこれからも振っていく。

第五幕　淫謀の影

一

梅雨《つゆ》が明けたようだ。

大奥女中たちの居室が並ぶ長局《ながつぼね》の出格子《でごうし》からも、庭の緑が輝いて見えた。

中臈滝沢は、その出格子に両手を突き、尻を突き出しながら庭を眺めていた。

御城内にはいくつもの庭があるが、ここから見える二の丸庭園がもっとも優美だ。

将軍家慶公と老中首座水野忠邦が太鼓橋《たいこばし》の架かる池の畔《ほとり》で談笑していた。

だが滝沢が見ているのは、そのふたりではない。

ふたりの後ろを歩く女中三人である。御休息する四阿《あずまや》で茶菓子の接待をするだけの女中であるが、家慶公がいつその気になるやも知れぬのだ。

閨《ねや》を共にすることが出来る中臈としては、気が気ではない。

現在、夜のお勤めをする中臈の定員は七名。差し替えられては困るのだ。

大奥に君臨するのは御台所《みだいどころ》であるが御統治されているわけではない。

約二千人に及ぶ大奥女中の万事を整えているのは四人の御年寄である。

格式上はその上に上臈《じょうろう》取締役がいる。

ただしこの御役は御台所の一切合切を引き受けるもので、その配下の女中にしか権力は及ばない。

奥女中の人事の大元締めは御年寄である。これは四人と決まっている。

いずれは滝沢もそこへ駒を進めたい、と思っている。

そのため御年寄のひとり藤島にすり寄っているのだ。それには何としても藤島をここ数十年の間、空位であった大奥総取締役の座に進めさせねばなるまい。

すると御年寄の座がひとつ空くのである。

「あぁ」

打掛を捲《めく》って、お洋がおまん処に舌を這わせてきた。

夜伽《よとぎ》を担う中臈として、鍛え抜いているつもりのおまん処も、お洋の舌にかかっては、ひとたまりもなく蕩《とろ》けてしまう。

お洋はお目見得《めみえ》以下の御広座敷女中である。大奥を訪ねてきた女客に広座敷で茶や食事を接待する女中である。

お目見得以下の中でも武家育ちで、接遇作法を弁《わきま》えた者が選ばれる。推挙したのは滝沢である。

お洋は宿下がりのたびに、垂涎《すいぜん》の春画を土産《みやげ》に持ってきてくれるのである。卑猥《ひわい》な話にも愛嬌《あいきよう》よく乗ってくる。器量もよい。裁縫、炊事《すいじ》にも秀《ひい》でているが、本もよく読み世知にも長《た》けており、滝沢はお洋を面白い女だと思った。

そもそもは去年の夏、行水していたときに、率先して背中を流しにきてくれたのがお洋だった。

「お流しいたしましょう」

と乳の周りや尻を撫《な》でまわす手が、尋常《じんじよう》ではなく気持ちよかったのだ。以来、滝沢は、お洋の指技の虜《とりこ》になっている。

「女芝居を見て以来、滝沢様のここの濡れ方は半端《はんぱ》ありませぬ。それほどよいものであったのですか」

お洋が女芽《めめ》を舌先で突いてきた。その舌の尖《とが》らせ方といい、突き加減といい、なんともいえぬ心地よさなのである。

「それはそれは凄艶《せいえん》なものであった。さすがは藤島様が愛《め》でている一座。いずれお洋も連れてまいろうぞ」

「はい、見とうございます」

お洋はそう言うと潜り込んでいた着物の中から顔を出した。口の周りをべとべとに濡らしていた。

聡明な顔立ちの癖に、平気で淫らなことをしてみせる女だ。こんな女がお目見得以上に昇格したら、たちまち上様の目に止まることだろう。

それにはまだ早い。

まずはこの滝沢が御年寄へ駒を進める目途《めど》を立てたうえで、お洋をお目見得へと取り立てるのだ。

さすればお洋はすぐに中臈にまで駆け上がることであろう。

かつて藤島が御茶間番《おちゃのまばん》であったわらわを見染め、お目見得以上である御錠口番《おじょうぐちばん》に抜擢《ばってき》してくれたのも、藤島が御年寄の地位を盤石《ばんじゃく》にした後である。

それまでは滝沢もこうして、藤島のおまん処を舐めるばかりの日々であった。厚みのある花の持ち主で、ちょっぴりしょっぱい味のするおまん処であった。あまりいい印象ではなかった。

だからこそお洋に舐めさせるまん処にはいつも香を振りかけている。それも伽《き》羅《ゃ》《ら》だ。舐めていてうっとりとなるはずだ。

「次には連れて行ってあげようぞ」

お洋は、大奥内で藤島派がさらに権勢の翼を広げるための決め手になる、いわば掌中《しょうちゅう》の珠《たま》である。嫌な気を起こさせてはならない。

「滝沢様、御待機明けに備えて、そろそろおまん処の御肉路《おみち》も、滑《なめ》らかにしておかねばなりませんね。お洋がお手伝いいたしまする」

お洋が何やら小さな包みを開けている。鮮やかな緑色の風呂敷包だ。

「早くお呼びがかかるとよいのだが」

滝沢は庭を眺めながらため息まじりに言った。

藤島のお計らいで、火の番や御半下《おはした》の女中を引き連れて女芝居の見物に出たのはよいものの、中臈は外出後は次の月の物がくるまで夜伽には入れないことになっている。

お腹に違う種が入っていてはならぬからだ。そんなことなどする訳がないのだが、そこは藤島も御慎重で、間違いがあってはならないと、夜伽差し止めになっている。

夜伽の用がなくなった御年寄や中年寄ともなれば、寛永寺《かんえいじ》、増上寺《ぞうじょうじ》への代参の帰りに坊主買い，役者買いなどし放題なのだが、中臈とあらば辛抱せねばならない。まん処の疼《うず》きは、お洋が対処してくれるが、その間に他の御年寄の息のかった中臈が、お腹様にでもなれば、たちまち形勢がひっくり返るのである。

とくに藤島と覇《は》を競う、葛城《かつらぎ》の手の者などが、上様の覚えめでたくなっては一大事である。

その上様、家慶公が老中水野と四阿に入った。緋毛氈《ひもうせん》の敷かれた縁台に女中が五色団子《ごしきだんご》と茶を運んでいた。

上様がひとりの女中に何やら話しかけている。女中は跪《ひざまず》き、下を向いたままだが、上様が面《おもて》を上げいと言ったようだ。女中が顔を見せている。

これは気に入らない。葛城の手下の女中ではないか。滝沢は苛立《いらだ》った。

背後からお洋の声がした。

「滝沢様が譫言《うわごと》で、仰《おっしゃ》っておりました天狗《てんぐ》の面、取り寄せましたゆえ、お試しになりませんか」

「えっ」

振り向くと、お洋が、真っ赤な顔に八寸（約二十四センチ）はあろうかという鼻のついた天狗の面を捧げ持っていた。

「なんと、それはっ」

女芝居で見た天狗面よりも立派な鼻だ。滝沢は思わず内股になり身をよじらせた。

「木綿問屋に嫁《とつ》いだ姉に文《ふみ》を送ると、すぐに用立ててくれました。秋田《あきた》藩の民芸品だそうでございます」

「ほう。民芸品のう」

「はい、民芸品でございますが、見るもよし、触るもよし、入れるもよしでございます」

「触るも、入れるもよしとはのう」

思わず天狗の鼻に手が伸びる。滝沢は握った。ずしりと重かった。紙細工の張りぼてかと思いきや、鼻の部分だけは木で出来ていた。鑢《やすり》をかけ、つるつるの肌触りにしてあるのだ。

「滝沢様、入れますか」

単刀直入に聞かれた。お洋はいつもそうなのだ。回りくどいことは言わない。こちらが遠回しに言っても、すぐに、

『舐めてもいいのですね』

『女芽を潰《つぶ》しましょうか』

『相舐めは望むところです』

　などと返してくる。

「入れてくれるか」

「はい悦《よろこ》んで」

　お洋は小袖《こそで》の裾《すそ》を端折《はしよ》って帯に差し込むと、たちどころに細帯でお面を股に括《くく》りつけてしまった。

「出格子から御庭を眺めていただいて結構ですよ。お洋が後ろから御慰めいたします」

「ならばっ」

　と、滝沢は打掛を脱ぎ捨て、みずから刺繍《ししゅう》入りの着物の裾を捲った。

「では、入ります」

　お洋が天狗の鼻を押し付けてきた。膣口を広げ、ぬるりと赤い鼻柱が入って来たかと思うと、滝沢は唇を真一文字に結び、歓喜に耐えた。

「はふっ」

それでも喘《あえ》ぎ声は漏れる。格子に額を押し付け、むずむずする乳を着物の上から握りしめた。

「滝沢様。そこも私が……」

お洋が左右の身八《みや》つ口《くち》から手を差し込んできて、生乳を揉《も》みだした。こういうところも、お洋は先手先手を打ってくるのだ。

「ああ。よいぞ、お洋。そなたは乳首転がしも、張り形の扱いも上手《じょうず》じゃのう。あうっ」

着物の中で双方の乳首を摘《つ》まみ上げられ、背後から天狗の鼻でずんちゅ、ずんちゅと責め立てられると、それはもういい心持ちで、喘ぐなというのが無理なこと。

「はうっ、あんっ、お洋っ」

しかもお洋は、案外ねちねちと責めてくるのである。膣を穿《うが》つ天狗の鼻は、さまざまに調子を変えてくる。膣が波打った。

乳首摘まみにも強弱があり、ときおりぱっと手放され、焦《じ》らされたりもする。

「くはっ」

滝沢はすでにいくつもの小さな波を味わっていた。

「滝沢様、声を出してはなりませぬっ」

そう言いながらお洋は、ぐっと強く腰を打ってきた。反り返った天狗の鼻が膣の上方の腫物《はれもの》を抉《えぐ》る。

「はぅううう」

収拾のつかない興奮に見舞われ、滝沢は慌てて口を押さえねばならなかった。するとの四阿から出てきた女中のひとりが、長局の方を見上げてきた。

出格子越しに目が合った。

美しい娘であった。年のころなら十八。娘盛りである。面差《おもざ》しが良いばかりではなく、どこか気品もあった。

公家《くげ》の出なのやも知れぬ。上様がその背中に向かってまた何か話しかけている。父君家斉公に比べ、女子《おなご》には淡白な家慶公がいつになく楽しげである。隣に立つ老中首座水野はむっつり顔だ。

大奥に関しては藤島に加勢している水野としてもこれは面白くないのだろう。

これはまずい。

うかうかしていると西の丸一派が本丸大奥にまで手を伸ばしてきてしまう。

そう……四御年寄の一角、葛城こそは西の丸大奥取締役の高尾《たかお》の妹なのだ。大御所と通じていないわけがない。

それでは藤島が、老中首座である水野へ合わせる顔がなくなってしまう。大奥は本丸派でまとまっていなければならないのだ。

それにしても責めが激しくなってきた。天狗の鼻を変幻自在に回転させ、肉層を捏《こ》ねくり回してくるのだ。

「うぅう。これ、お洋っ、その一点ばかり突くでないっ。はうっ」

膣中に垂れ下がっている腫物を、天狗の反り返った鼻の尖端がしつこくついてくる。腫物がみるみるせり上がっていく。

「これ、お洋っ」

なすすべもなく滝沢は切迫し、尻を振り回した。まずいのだ。内腿をくっつけていなければ、しぶいてしまう。

「滝沢様、お声は出さぬように」

お洋は真《まこと》に大胆な女子《おなご》だ。上役の中臈が出格子に顔をつけているのを承知で、辱《はずかし》めようとしているのだ。

この女子ならば、わらわなどよりも一気に上様を籠絡《ろうらく》してしまうやも知れない。

「あっ、んっ、お洋、近く藤島様が芝の増上寺へ代参にいく。そのお伴に加えてもらうようにわらわから進言しよう。あっ、んっ」

「本当でございますか」

刹那《せつな》、お洋は天狗の鼻の動きを止めた。生きた心地がした。

「それと、そなたのことを表使《おもてつかい》へ登用するように藤島様にご請願する」

表使とは大奥にあって御年寄、中年寄の使いとして物資の調達や、中奥の諸役人たちと応対をする役である。もちろんお目見得以上の格となる。

「真にございますか」

お洋の声が弾んだ。

「戯《ざ》れ言でこのようなことは言わぬ」

「まぁ。嬉《うれ》しゅうございます」

言うなりお洋は再び腰を揺さぶった。乳房もがむしゃらに揉みこんできた。

「あっ、ならぬっ。それほど強くしてはならぬっ。うっ」

股の間で迸《ほとばし》りが起こった。

「あぁああああああああああああああああ」

滝沢はその場に頽《くずお》れた。

後進に道を譲るべきと悟った瞬間でもあった。

二

「和泉守。江戸の風紀は一向に改まっておらんのではないか。奉行として、そちは少し怠慢《たいまん》ではござらぬか」

老中首座、水野忠邦は、その日、城外辰《たつ》ノ口《くち》の評定所の審議を終えた南町奉行筒井和泉守政憲に居残りを命じ、老中御用部屋へと呼んだ。

「ははあ。恐れ多くも申し上げます。ことは端緒についたばかり、南町においても風紀《ふうき》紊乱《びんらん》改め方を配し、闇の悪所の実態探索に乗り出しております。この手の探索は、その場所を叩いてもすぐに新手があらわれるもの。悪所の胴元になっている者を潰《つぶ》さねば、根絶やしには出来ぬかと」

筒井がもっともらしい抗弁をしてきた。

さすがは先代家斉公の覚えめでたく、西の丸の先兵とまで揶揄《やゆ》されている男だ。

しかし……。

だからこそ早めに潰しておかねばならない男だ。この知恵者、いつ西の丸の後押しで本丸老中の座に伸《の》し上がってくるやも知れぬ。

水野は同席している腹心の作事奉行、米原光輝に目配せした。米原が一度咳払《せきばら》いをして、おもむろに切り出した。

「筒井殿、お聞きくだされ。それがしは、財政の逼迫《ひっぱく》を脱する手立てとして、作事奉行の立場より、江戸の町をもう少し小さくまとめ直そうという案を進言いたしているところであります」

聞いていて水野は面映《おもは》ゆかった。己《おのれ》が出した案を米原がそら覚えをして伝えているのだ。

「はあ」

筒井は気のない返事をした。

町奉行、勘定奉行、作事奉行、普請奉行は老中配下として同格とされるが、町奉行がさらにその上の老中への登竜門《とうりゅうもん》であるところは衆目の認めるところだ。

また筒井の方が年配とあって米原を見下しているところもある。

「これは外夷来襲《がいいらいしゅう》に備えるための措置でもある」

米原は声を潜めた。

「そのような事態が起こっておるのでございますか」

筒井は空惚《そらとぼ》けている。

文化《ぶんか》三年（一八〇六年）御露西亜《おろしあ》の軍が蝦夷《えぞ》に上陸してきたことや、いまなお開国を迫っていることを幕府はひた隠しにしているが、筒井が知らぬわけがない。

「人心を動揺させぬために箝口令《かんこうれい》を敷いているのじゃ。松前藩《まつまえ》は日々緊迫した状況におかれている。一見太平の世に見える江戸もいつ外夷が襲撃して来るやも知れんのだ」

水野が脅かすようにそう付け加え、ふたたび米原を見やった。

「それゆえ、江戸の市中に天領を増やし、番方を配備する屋敷や防壁を造営しなおそうというのが、作事方としての考えです」

米原がこれまた水野の指図通りに述べた。

半分本気、残り半分は、わが私欲のための大義名分だ。

「武家屋敷、町人屋敷、分け隔てなく上知《あげち》するお考えですか」

筒井がはっきりと目くじらを立てた。さすがに己の旗本屋敷を召し上げられては困るという目だ。

「さよう、いずれは武家屋敷に手をつけることになる。むしろ町人地はそのままでもよいのだ。いたずらに民の暮らしを苦しめてもなるまい。一揆《いっき》を起こされてもたまらんからの」

長屋や商家の敷地などたかが知れている。

「大名屋敷も譜代はともかく諸国雄藩の屋敷には手が付けにくく存じます。これもまた一歩間違えば謀反《むほん》の引き金になりましょう」

米原が外堀を埋め始めた。

「とすれば、旗本、御家人屋敷……」

筒井が呻《うめ》くようにいった。こちらの意図が分かったらしい。

「旗本、御家人は、もとより幕臣。幕府のためとあらば命を投げ出すのが本分、屋敷など上様に差し出すは、当然であろうっ」

水野は扇子《せんす》で膝を打った。

上知令はとうぜん上様から発せられるが、その候補を奏上するのは老中である。気に入らない旗本から狙い撃ちをするぐらい、筒井もすぐに察するはずである。

「ははあ。それは真《まこと》に道理」

さすがに老獪《ろうかい》な町奉行筒井のこめかみがヒクついていた。面白い。

「ただ、その前にやることがあろう。悪所潰しだ。市中に点在する岡場所をすべて潰し、そこを天領とする。それをせずして、いきなり旗本、御家人の屋敷を召し上げたのでは筋が通らないではないか。のう和泉守。だからわしは早く悪所を潰せと言っているのじゃ。悪所はすべて難癖をつけてでも早く江戸から追い出してしまえっ」

水野の苛立《いらだ》ちはいまや頂点に達していた。三日ほど前に、大奥の藤島から、西の丸の息がかかった女中が家慶公に見染《みそ》められたとの知らせがあったからだ。

「火急に取り潰しを計ります」

筒井がようやくしゃきっとした返答をしてきた。

「また堺町、葺屋町、木挽町の芝居町はそっくり域外へ転封させるつもりだ。今のうちに襤褸《ぼろ》を探し出しておくがいい。人形町通りに鉄砲隊の城塞《じょうさい》と組屋敷を設ける。内密であるぞっ」

水野は再び扇子で膝を何度も打った。

「承知いたしました。そちらも火急に」

そう言って、筒井政憲は下がった。おそらく腸《はらわた》が煮えくり返っていることだろう。これまでこの十六歳も年上の町奉行にはずいぶん遠慮してきたつもりだ。

筒井もまた大御所の威光を傘に、慇懃《いんぎん》無礼《ぶれい》な態度を取り続けていたものだ。

これぐらい言ってやりたかった。

「ご老中、本気で芝居町を域外へとお考えですか」

米原が困惑したような顔を見せた。

「町民の楽しみを奪ってどうするのかといいたいのだろう」

「はい。男は吉原、女、子供は芝居町で日頃の鬱憤《うっぷん》を晴らしまする。域外へ追いやっては、江戸も無粋《ぶすい》な町に変わり果てましょうぞ」

「わかっておるわ。米原、これは単に冥加金《みょうがきん》の行き先を我らに変えさせる手段だと申しただろう。まずは芝居町の座元たちに、域外の品川《しながわ》あたりへ行けと追い立てて、奴らが神妙になったところで、そうだな、吉原に近い浅草田圃の猿若町《さるわかちょう》あたりに三座を纏《まと》めさせようと思っている」

「なるほど、男も女子供もみな浅草を目指せば、日本橋周りは落ち着きます」

「さよう。そこで座元たちにはたっぷり恩を売り、冥加金も納め先も変えさせる」

「なるほどっ。たとえば本所の青慶寺ですな」

「さよう。我らの息のかかった寺へその大半を収めさせ、大御所の息のかかった寺社への冥加金は減らさせる。まずは兵糧《ひょうろう》攻めよ。して、米原、風紀紊乱の大事仕掛けは整ったのか」

水野は今度は米原を睨《にら》みつけた。

「はい、弁天党に一挙に乱れを起こす策を授けました」

「ほう」

弁天党は、森村座《もりむらざ》の役者で女衒《ぜげん》に落ちた政五郎が頭目となる淫売と賭博《とばく》の闇の一党だ。

弁天党を陰で操《あやつ》っているのはこの米原で、金主に新興の薬種問屋『小池屋』を引っ張り込み、賭博と女衒の組み合わせで儲《もう》けている。

そもそもはこの水野への賄賂《わいろ》づくりのためにはじめたことのようだが、丸ごとその一党を手先に使うことにした。

市中を混乱させるのに悪党を手先に使うのは兵法にも適《かな》う。

米原はまず政五郎を使って、当時大奥中臈だった藤島を手駒にいれた。

藤島が水野の側に転がり込んできたので、家慶公の御台所様や側近を操りやすくなったわけだ。

藤島は大奥での勢力を伸ばすために、小池屋の主人重蔵や女衒の政五郎を使って手下の女中たちの慰安に努めている。女には男が一番効く。

「芝居小屋を一軒燃やそうかと存じます。ついでに弁天党もそこで始末をつけてしまった方が後顧《こうこ》の憂《うれ》いを失くすというもの」

米原の目がずる賢く光った。

「よい。そうせいっ」

知らず知らずのうちに上様の口癖が移ってしまったようだ。

「しからば、水野様から藤島様に、今後は弁天党にはお近づきにならぬようお伝えください。いずれ小池屋に新しい役者や坊主を用意させせまする」

「うむ。それは請け負った」

水野はさっそく立ち上がり、中奥詰めの用人を呼び、藤島との面談を取り次ぎさせた。老中首座と言えども奥には入れないのだ。

三

その日。

大奥御年寄藤島が、芝増上寺へ代参に出ることと相成った。

本日は増上寺に眠る月光院《げっこういん》の月命日に託《ことづ》けての代参である。

「お洋と申します。この度はお供に加えていただき恐悦至極《きょうえつしごく》でございます」

お洋は北桔橋門《きたはねばしもん》内で、法仙寺《ほうせんじ》駕籠《かご》に乗り込む藤島に片膝を突いて辞儀をした。

「お洋か。滝沢からいろいろ聞いておる。器量がいいばかりではなく、才もあるとのこと。楽しむがいい。表使《おもてつかい》への推挙の件も考慮いたす」

妖艶《ようえん》にして貫禄のある藤島が、そう答え駕籠の中へと消えた。中臈滝沢もその背後の町駕籠に乗り込んだ。残りの女中十人は徒歩で駕籠を追う。

お洋を含め、女中はすべてお目見得以下の者たちだが、お洋の知らぬ顔ばかりであった。

北桔橋門を出、文字通りの跳ね橋を渡り、一行は芝へと向かった。

増上寺は寛永寺と並ぶ、徳川家の菩提寺《ぼだいじ》である。二代秀忠《ひでただ》公はじめ四人の将軍とその妻子の墓所がある。

折々に御台所《みだいどころ》に代わり参拝することは、大奥の重要な務めでもあり、女中たちの楽しみのひとつでもあった。

御成門《おなりもん》近くに来たとき、ふと境内《けいだい》に兄の風太郎の姿を見つけた。見知らぬ町娘と仲睦《なかむつ》まじそうに土産物屋の前に立っているのを見つめた。

風車なんぞを買ってやって気を惹《ひ》いている。引っ掛けやがったようだ。

——ははあん。

さてはあの娘、小池屋の娘か奉公人に違いない。

小池屋は姉のお蜜が、弁天のお美羽と女衒の政五郎の情事を盗み聞きした際に、黒幕として出てきた名前のひとつだ。

そのことは、文《ふみ》でお洋にも報《しら》されていた。もちろん符牒《ふちょう》だらけの文であったので、大奥の番人に感づかれることはない。

兄上がそっちの線から弁天党を追い始めたとしてもおかしくない。

法要は、代参にも関わらず盛大に執《と》り行われた。

「それでは、これから木挽町の料理屋にて昼宴といたしましょう」

参拝を無事済ませ、本殿を降りた藤島が一同を集めて厳《おごそ》かに言った。歓声が上がりそうになるのを、藤島と滝沢が手を挙げて止めた。

「その前に皆に言っておかねばならないことがございます」

藤島が一同を見渡した。

「表《おもて》の水野様が、天下に奢侈《しゃし》禁止令、綱紀粛正《こうきしゅくせい》を強く発しておられます。さすれば我らもこれまでとは違って、代参のあとの芝居見物なども慎《つつし》まねばなりません。もちろんお坊さんたちとのあれもですよ」

藤島の言に女中一同が肩を落とした。

それぞれの胸の中から『なーんだご飯を食べて帰るだけか』という嘆き声が聞

こえてきそうである。

「今日が最後ですよ」

藤島が小さな声で言った。

今日はありということだ。女中一同の顔にぱっと花が咲いた。

「ただし、芝居小屋には行きません。水野様の手前、憚《はばか》らねばならないのです。料理屋の方で……米原殿と小池屋さんが、あんじょう手配してくれるということですので。ささ、まいりましょう」

すると風太郎と一緒にいた先ほどの娘が駆け寄ってきた。

「御一行様っ。私、本石町の小池屋の女中、希久《きく》と申します。主人《あるじ》の命により町駕籠をご用意いたしました」

やはり小池屋の奉公人であった。

四

木挽町の料理屋『富士楼《ふじろう》』の二階座敷。

「さあさ、今日はわらわや滝沢のことなど気にしなくともよいぞ。存分に男を楽しみなさい。なれど、このこと一切外に漏らしてはなりませんぞ」

膳のものを食べ尽くしたところで藤島がそういって立ち上がり、次の間に出ていった。

すぐに帯を解く音がした。

藤島は藤島でやる気満々のようだが、相手が気になるところだ。

「私もあちらの部屋に行きます。御年寄や中臈などいぬ方が、そなたたちも羽目をはずせましょう」

滝沢も隣の部屋へと移った。あのふたりが絡むのであろうか。それは凄《すご》そうだ。

藤島と滝沢。その凄艶な舐め合いを想像し、お洋はぎゅっと内腿を寄り合わせた。

からりと襖《ふすま》が開くと、そこに八人の男たちが浴衣《ゆかた》一枚で平伏していた。こちらの女中と同じ人数であった。

「羽衣座、座元三木助にございい」

中央の役者が顔を上げて名乗った。水もしたたるいい男とはまさにこの男を指すようだ。

宮地芝居の一座として市中のあちこちに小屋をかけていることで知られている。

姉のお蜜が、女芝居を見たときに小屋貸しをした一座なはずだ。

「小池屋様より、皆さま方を丁重におもてなしするようにとのこと。われら、喜んでお勤めさせていただきます」

残りの七人も顔を上げると、その部屋の中に朝日が上ったように見えた。いずれも揃いも揃って、美丈夫《びじょうふ》な役者たちばかりである。

女中たちはざわついた。

「よりどりみどりでございます。ただし一刻（約二時間）。石町の鐘が八つ（午後二時頃）を報せたならば、我々はすぐに引き返します。皆さまはただちに駕籠へ」

三木助は心得ていた。代参の門限は八つ半（午後三時）と決められているからだ。

お洋はふと芝居でも何度か見た『絵島生島淫ら絵図《えじまいくしま》』を思い出した。

正徳《しようとく》四年（一七一四年）、時の大奥御年寄絵島が、山村座《やまむらざ》の役者生島新五郎《しんごろう》と密会を重ねていた醜聞を元にした芝居だ。

逢瀬《おうせ》の発覚は門限を破ったことにあったとされる。二の舞になってはならないということだ。

「私はあの右端の色白がいいわ」

と隣で盃《さかずき》の最後の一滴を飲み干した御仲居女中のお袖《そで》が、膳を跨《また》いで男の方へ駆けだして行った。

これを機に、女中たちはわれもわれもと男を目指して飛び出し、抱きついていった。なんともあさましい絵図である。

お洋は最後の膳にあった羊羹《ようかん》に未練があったので、まずはそれを食してからと鷹揚《おうよう》に構えていた。赤坂《あかさか》の虎屋《とらや》のものだ。めったにありつけない。濃厚な味をひと齧《かじ》りつつ味わった。

「役者よりも羊羹を取られたら、あっしらの立つ瀬がありませんよ」

三木助が額を叩きながらやってきた。

「まさか座元が残っていらっしゃるとは……福がありまする」

あまりのいい男にお洋は噎《む》せた。

「はい、あっしは残り物でして」

と噎せているお洋の背中をさすってくれる。

「そういう意味では、ぁあぁ」

三木助の手のひらが心地よかった。羽で撫でられているようなのだ。

お洋はたまらず、三木助の胸に背中を預けた。

「大奥でのお勤めはさぞかし骨が折れるものでございましょうな」

後ろ抱きにされたまま、胸の膨《ふく》らみを手のひらで優しく揉まれると、総身が疼きだした。

三木助の手の動きはなんとも優雅で、まるで女同士でやっているような気持ちにさえさせられる。

「んんっ。本職は上手すぎますね、はう」

三木助の胡坐《あぐら》の上で尻をくねらせ、甘えた声を出した。

「これは、これは申し訳ございません。本職と思われたのでは、まだまだあっしも未熟者。修行を積み直させてもらいます」

そう言いながら耳朶《みみたぶ》に温かい息を吹きかけてくる。うっとりとさせられた。

「いいの。私は、本職の手に掛かってみたかったので、その腕で翻弄《ほんろう》されるのが本望です」

お洋は尻をくねらせ、三木助の股間の様子を探った。

すでに鋼《はがね》のような硬さになっている。

「いやいや腕などござんせんよ。あるのは真心のみ……気持ちよくなっていただく術《すべ》は、ひたすら相手に惚《ほ》れ込むことしかございません」

三木助はすでに芝居にはいっているのだ。乗せられては野暮天になると、お洋は自分に言い聞かせたが、それでも甘い言葉に胸は高鳴った。

「惚れ込むなど……初会でそのようなことを軽々《けいけい》に言うとはなんと人たらしなこと」

「かりそめにもそう思わないと、御慰めはできません」

三木助の両手がすっと身八つ口から入ってきた。いつの間に、そこから手を差し込んできたのかまったく気づかなかった。

鮮やかに生乳房を奪われ、やわやわと揉まれると、身体がぼっと熱に包まれた。

三木助の指はわずかずつ乳首に迫ってくる。

乳暈《にゅううん》が泡立つのが自分でも分かった。おのずと乳首は硬く締まる。

「ぁあ」

安易には洩らしたくなかった喘ぎ声が、早々にこぼれ落ちた。もっとすごい喘ぎ声がすでにほうぼうから聞こえてくるのだが、お洋としてはよく知らぬ連中とはいえ、朋輩《ほうばい》たちの前であまりはしたない姿をさらしたくはなかった。

「どうぞお楽に、身体に力が入っております。せっかくの役者買い、それではもったいないでござんす」

三木助が左右の乳暈を人差し指の腹で撫ではじめた。泡立った粒を擽《くすぐ》るように撫で、ときおり爪の先が乳首の根元に触れる。

「んんっ」

そのまま乳首へ責め昇ってくるかと思いきや、けっしててっぺんから押してくれない。そのうち指は乳暈からも退いていき、再び手のひらで下乳を持ち上げるように撫でてくる。

そこも気持ちいい。

三木助の手は、しこりきった乳首をそのままにして腹部へと下がっていった。臍《へそ》の周りと腰骨、そして背中を存分に撫でまわされる。

相変わらず羽毛で撫でられているような感じだ。耳もとや首筋には生温かな息を吹きかけられ続ける。

「あぁ」

お洋はねだるように身体をくねらせた。

もう乳首を弄《いじ》って欲しくてたまらないのだ。

「さらにお美しいお顔になってまいりました」

手はそのまま臍の下の方へと伸びていく。そっと陰毛を逆撫でされた。

「んはっ」

とたんに股の間から、どろりと水飴《みずあめ》のような淫ら汁が溢《あふ》れ出た。

横座りをしていた両脚が勝手に動き、だらしなく伸びてしまった。腰もひくついている。

「情が濃いようですね」

さらさらと何度か逆撫でされる。陰毛が濃い女は情も濃いといいたいのだろうが、お洋は肉欲も濃い方だと思っている。

「恥ずかしいですよ」

身体を捩《よじ》って三木助の手から逃れようとした。だが、腰が抜けたように動けない。心とは裏腹に、身体は三木助に乱されたいのだ。

思えば、男の思うがままに抱かれるなど、お洋には初めてのことであった。

肉交の際には、いつもお洋のほうから男を責めていた。そういう性質《たち》だったのだ。

なんだかこのまま三木助に翻弄され続けるのは、むしろ怖くもある。

「じきにもっとよくなってきます」

三木助の手に少し力が加わった。股を広げられ、今度は内腿を懇切丁寧《こんせつていねい》に撫でてくる。だが決しておまん処には触れてこない。付け根のぎりぎり、濡れたおまん処の外縁までは手の側面が迫ってくるのだが、そこまでなのだ。紅く蠢《うごめ》く巻貝の中には触れようとしない。なんというもどかしさだろうか。

「ぁあああああ」

お洋は激しく尻を振らされることになった。女の泣き所というのは、遠ざけられるほど泣きたくなるものだ。

乳豆、女芽、秘孔の三所《みところ》が疼いて疼いてしょうがない。

「こういうのを、あっしらはぬるま湯漬けにするというんです」

三木助が耳朶を甘噛みしながらそう言った。

「えっ」

「ぬるま湯はきもちいい。ほどよい湯加減で、ずっとそこにいたくなる。けれどずっとそうしていたら身体がふやけちまいます。さりとて、湯から出ると寒い。なまじぬるま湯に浸かっていたいぶん、風にあたると凍えそうになるんで、決して出られなくなるってもんで」

それこそ役者の仕掛ける蟻《あり》地獄ではないか。

　お洋はあたりを見回した。他の七人の女中たちは、誰もかれもが役者と対面座位になり、みずから湯文字《ゆもじ》を捲り上げ、腰を揺すっている。役者はだれも肉棒を勃起させてはいなかった。指と舌だけで女中たちを翻弄しているだけだ。

「あぁあ、梅《うめ》の助《すけ》さん、下から打ち返してくださいなっ」

「いやいや、菊五郎《きくごろう》さま、お乳の豆をつねってくださいまし」

　女中たちは恥知らずなほど淫らな言の葉をあたり一面に撒《ま》き散らかしていた。

「わっちは、あそこまで焦《じ》らしたりしませんよ。お洋さん、どこを触って欲しいか言ってください。言ってくれたらぬるま湯から熱湯へとご案内いたします。さあ、どこを」

　三木助が片眉を釣り上げた。

　これは辱めては淫気をさらに引き出そうとするときの常套句《じょうとうく》だ。お洋も男を責め立てるときに、よくこの手をつかった。

　やられるとは思っていなかった。

「そのようなことを言うものですか」

　やせ我慢をした。

「そうですかい」

三木助は涼しい顔をしたまま、おまん処の周りをさわさわと撫でまわすばかりだ。

これが下手《へた》くそ男なら、その手を振り切って、お洋の方から乳しゃぶりなり、棹《さお》舐めなり反撃に転じるのだが、どうにもこうにも、三木助の触り心地のよさからは抜け出せないのだ。

「あの……乳……」

尻が火照《ほて》り、乳がむずむずし、もうどうにも我慢ならなくなり、お洋は喘ぐようにロ走った。

「へい、なにか……」

三木助がすっとぼけた言い方をし、さりげなくお洋の胸襟《むなえり》を開いた。あさましいほどに硬く尖《とが》った乳首が露《あら》わになった。

舐めてくれといわんばかりの尖り方だ。

恥ずかしさで、余計に乳首が疼いた。

三木助ならば、さまざまな女の身体を知り尽くしていることであろう。もっと熟れた女や、逆におぼこい女の裸を見て、とことん悦ばしてきたことであろう。そんな男に乳首を見られたならば、どう取り繕《つくろ》ったところで、本性は見破られることだろう。

「乳豆をきつく虐《いじ》めてくれませぬか」

言うなり顔が一気に火照った。

「しからば……」

三木助が胡坐の上で、お洋を仰向けに抱き直し、乳房に顔を埋《うず》めてきた。まずは左の乳首から吸い上げられた。

「あぁあああああああああ」

あまりにも柔らかい三木助の唇に驚愕《きょうがく》し、お洋は大声を張り上げさせられた。

乳首一点に、すべての気持ちが集まった。

ちゅう、ちゅう、べろり、べろりと金時豆のような色と形の乳首を舐めしゃぶられると、たちまち平静を保っていられなくなった。

「おうおう、感じやすい体ですね。しゃぶるとさらに硬くなる」

言いながら、もう一方の乳首を人差し指と親指で捏ねまわしてくる。

「いやんっ、あうっ。おかしくなってしまう」

お洋は三木助の膝の上で背中を反らせ、のたうち回った。

双方の乳房を執拗《しつよう》に、けれども気持ちを込めて、舐め転がす三木助が、ついにおまん処に手を伸ばしてきた。

右の乳首を吸い上げたまま、すっと女芽の皮鞘《かわさや》を剝《む》かれた。小豆《あずき》のように腫れ上がった桃色の女芽が風にさらされ、もうそれだけで、肉路がヒクついた。

花びらを掻き分け、三木助は円を描くように指を動かしていく。葛湯《くずゆ》を花びらの上で引き延ばしていくような動かし方だ。

三木助の十本の指に乳首もおまん処も、強弱をつけて責め立てられ続けた。さすがは本櫓《ほんやぐら》の舞台を張った役者だけあり、愛撫も表現豊かだった。

「あっ、はうっ、くぅうう」

お洋は狂乱した。

「美しい、真《ほん》に三木助は惚れてしまいました」

役者の殺し文句は、耳触りがいい。ますます濡れた。次第にお洋の方も、相方がいい人のような気分になってくるから不思議だ。

「私も、のめり込みそう」

ついそんなことを口走ってしまう。こんなことは生まれて初めてだ。

「のめり込むのはわっちのほうで」

と三木助は浴衣の前を捲った。もとより下帯《したおび》は着けておらず、先ほどから尻山に当たっていた剛根《ごうこん》が白日の下にさらされた。

「おっきい……」

見たままの言葉しか出なかった。

「はい、これをここにのめり込ませます」

「あうっ」

ぴちゃっという音と共に、三木助の指が膣層に滑り落ちてきた。これから剛根を埋め込む穴を入念に確かめるように、三木助の指は奔放《ほんぽう》に動いた。

「はうっ、そのように隅々まで調べられては、恥ずかしくてしょうがありませんっ」

心底、泣きたい気分だった。

「恋女房のことは隅々まで知りたいもんでやんすよ。これはこれは良いおまん処でござんすな」

秘処を褒《ほ》められて悪い気がする女はいない。お洋はのぼせあがった。

身体をどう動かされたのかも気づかぬままに、お洋は本手《ほんて》の形に組み敷かれていた。筋骨隆々《りゅうりゅう》とした三木助が上から肉をあてがってくる。

「あんたぁ、入れてっ」

さも恋仲の相方を呼ぶような声をあげ、お洋は三木助にしがみついた。

「行くぞ」

濡れた秘肉に剛根の尖端が擦《こす》りつけられたと思いきや、ずるっと食い込まされた。

「あはんっ、くううう」

初めて入る三木助の剛根にすぐに膣は馴染《なじ》んだ。膣袋は大きく広げられ、歓喜の身震いをさせられる。

「おぉっ、お洋、凄く締め付けてくる。こいつはすげえや」

呼び捨てにされ、それがまたふたりの間を縮めてくれたようで、お洋はなにやら不思議な心持ちになった。

とうの昔から三木助とは恋仲であるような気がしてならない。

「あっ、ひっ、あんたぁ」

むっちりした亀頭に奥の奥まで抉られ、ついにお洋はむせび泣いた。

「あぁああ、いいっ、もう離れたくないっ。もっとして、もっと強くしてっ」

亀頭を叩き込まれるたびに、お洋はさらに抱きつき、三木助の背中に爪を食い込ませた。何かこの男に肉を交わしたという痕跡を残したい思いだ。

ぱんぱんぱんと小刻みに打って来たかと思うと、すぱーん、すぱーんと間合いを置いた打ち方に変えられる。その都度、お洋は背中を反らし、両脚で三木助の腰を締め付けたりした。

互いに汗みどろになっている。身体中を密着させて腰をぶつけ合っていると、周りも見えなくなっていた。

ほうぼうで女中たちが痴態を演じているが、もはやお洋もそのひとりであった。

三木助が刻限を見計らったように腰の振りを速めてきた。

「あぁ、いやっ、もういくっ、いくわよ、あんたぁ、いくぅううう」

お洋は、自分でも信じられないような淫らな声を張り上げた。本職の色男とはかくも上手に女を昇天させるものなのか。

お洋は羽衣《はごろも》に乗り天界に駆け上がっていた。

「おぉおおっ、お洋、出るぞっ。わっちの真心がそのまま汁になってお洋の中に飛んでいきやす」

「あぁあああああああああぁ」

股の間に熱い迸りを受け、お洋は絶頂を得た。総身を木《こ》っ端微塵《ぱみじん》にされた思いだ。三木助はしばらく火照った身体を抱いたままでいてくれた。

しばらくすると、

「厠《かわや》へ」

と笑って去っていく。それきり戻っては来なかった。

身体の奥で熾火《おきび》が燃えたままだ。三木助を恋しいと思うようになった。

火照りが収まった頃、ふと我に返ったお洋は裸のまま着物を羽織り、隣の部屋の前に進んだ。

朋輩たちはまだ役者たちと絡み合ったままだ。おまん処の底が抜けるまでやりたいのだろう。座敷は喘ぎ声だらけだった。

その嬌声が響き渡る中、襖の向こうからも妖《あや》しげな声が聞こえてきた。

「羽衣座の役者たちは、本気で女中さんたちをたぶらかしてしまいますよ。よいのですね」

低くしわがれた声がした。

「お洋の外《ほか》の女中たちなら構わないですよ。重蔵さん、さねをべろべろしてくださいな」

藤島の声だ。相手は小池屋重蔵ということだ。

「へい。お洋さんには三木助があたっているので、加減に間違いはございません。

身体だけさっぱりさせて、気持ちはとらないように、きつく言いつけてあります」

「そうしてもらわねば、困ります。あの子はいずれ我が一派の先鋒となる女子ゆえ……はうっ、重蔵さん、もうあまり刻《とき》がない。挿《さ》してくだされ」

藤島が甘えている。

「へい、ただいま」

がさごそと衣擦《きぬず》れの音がした。小池屋が着物を脱いだか、あるいは下帯を解いたか、そんなさらさらとした音だ。

危なかった。

あれでも三木助は手を抜いていたのだ。お洋は息も絶え絶えになりながら、不覚をとるところであったと自省した。

本職の女たらしは、まさに恐ろしい。

「あんっ、はうっ。お美羽っ、尻穴まで舐めるとは、気持ちがよすぎるではないか」

これは滝沢の声だ。蕩けさせているのは、弁天のお美羽ということらしい。

「滝沢様。お立場上、男が食えずではさぞかし辛《つら》いことでござんしょうよ。けれども美羽の舌と指で、また別な愉悦の極みをお教えして差し上げますよ」

ぬちゃ、とか、べちょ、という音が聞こえてくる。お洋としてはまた燃えてきそうだ。滝沢は夜伽のお役目があるので、役者買いはしないということだ。そこら辺のけじめはついているようだ。

「まさかあそこにいる役者たちが、三木助以外、木挽町の森村座の役者たちとは気が付くまいのう。ぅぅぅぅぅ。そこに指を入れるとは、はぁ」

滝沢が喘ぎながら言った。

「はいな。羽衣座にあれだけの役者は揃っていませんよ。お女中たちはもう虜になってしまうでしょうね……そして藤島様、滝沢様があえて外に使いに出せば、まっすぐに木挽町に向かいます」

「そうなれば、いずれ絵島生島のような醜聞が……ふふふ。水野様は大手を振って森村座を潰すことが出来る。んんん、お美羽のお乳も舐めさせてくれぬか」

「でも、藤島様のお立場は悪くならないのでしょうか」

「今日連れてきている女中は、お洋以外すべて葛城御年寄の覚えめでたい者たちですよ。本日は芝居見物がないと知って、葛城様も喜んで差し出してきたのです」

なるほどそういうことであったか。お洋が日頃接したことのない女中ばかりだったわけだ。お目見得以下でも大奥内では派閥ごとにまとまっていることが多いのだ。

「あらま、滝沢様、おまん汁が、白く粘るようになってきましたよ。水飴を掻きまわしたような、ねとねと加減です」

それほど感じているということだ。

お洋もまたむらむらとしてきたが、もう一度三木助とやるのは、さすがに怖くなった。

それよりも、兄にこの富士楼での乱交について報せねばなるまい。

第六幕　桃色成敗《せいばい》

一

妹のお洋の報《しら》せを待つことなく、風太郎は富士楼での大奥女中と木挽町の本櫓《ほんやぐら》森村座の役者たちの乱交については、知っていた。

知っていたもなにも、藤島と小池屋重蔵、滝沢とお美羽が裸で絡み合っている姿を押し入れの中から覗《のぞ》いていたのである、

広間の方では総勢十六人の大乱交であったが、妹、お洋が入っていることで、いずれ知れると、風太郎はあえて別室の押し入れに潜り込んでいたのであった。

なぜ、そうなると知っていたか……。

「希久、もうちょっと股を開いて、指でさねをくじってくれぬか。おまえさん、そうすると花びらがヒクヒクと動くんだよ。なんとも色っぽい」

「あっ、風さま、またそのような。ひとり触りとは、文字どおりひとりでこっそりするもの、このように風さまの前でおまん処を曝《さら》け出して、擦《こす》るものではございません」

小顔で色白。鼻筋の通った十八の娘が、鼻息を荒くしながらさねを弄《いじ》った。

根岸の風太郎の屋敷。

暇を取ってやってきた小池屋の女中、希久が床の間を背に、紅い長襦袢《ながジュバン》を肩から羽織っただけで脚を大きく広げ、盛んにまん処を弄っていた。

桜色の花びらはすでにしっぽり濡れている。

風太郎は汗が零《こぼ》れぬように額に鉢巻きをし、目はしっかりと見開き、希久のまん処を覗きながら、絵筆を走らせていた。

出会ったのは偶然であった。

五日ほど前、かねがね姉と妹に頼まれていた張り形を、浅草の淫具屋、半兵衛《はんべえ》の店に買いに行ったときである。

この希久もまた頬被りをして買いに来ていたのである。

半兵衛の店は淫具屋とは名乗っていない。仏壇と仏具の店である。が、ここの鈴棒《りんぼう》がみそである。

良い形をしているのだ。反り返りある鈴棒は、まずこの店でしか出会えない。半兵衛は好事家《こうずか》の中では知られた男だ。

女の股の間の孔《あな》を採寸し、それに見合った張り形を作ってくれるので、助平な女たちにはたいそう人気がある。

だがしかし。この半兵衛が年に一度、その年に依頼された客の寸法を記帳した一冊を春風堂に売りに来ているとは、女たちも知らない。

どこぞの内儀や、近所の長屋の娘のまんじゅうの穴の寸法はどれぐらいであろうかを、知りたい男は山のようにいるのである。

幅、深さ、それを知って想像してみるだけでも、楽しいことだ。

半兵衛はなおも、採寸のときに見たおまん処全体の形状や、陰毛の濃密についても詳しく記しているので、これまた読むと妄想が淫らに膨《ふく》れ上がる。

客の名は符牒《ふちょう》になっているが、それがなんとなくわかる符牒にしてある。

神田の「さ」のつく町の鍋料理屋の仲居――みたいな感じだ。佐久間町の鍋料理屋と言えば、江戸っ子ならばだいたい察しが付く。

春風屋は、これを書き写しては二分（約二万五千円）で、確かな客にばかり売っているのだ。

恥ずかしながら、風太郎も大枚はたいて買った。二年前の版に姉と妹を見つけたときには、あたまがくらくらした。

『どちらもサネが尋常《じんじょう》でなく大きく、これをくじるための枝を所望される。孔とサネの間合いに苦労する。姉、穴幅大きく、妹、膣奥深し』

とあった。

姉と妹に質《ただ》すと、あっさりと認め、以後半年に一度、新品を取りに行く役を頼まれた。

なんでもアソコの具合は日々変化するそうで、姉は半年に一度、妹は年に一度、半兵衛に診《み》てもらい新調するのだそうだ。風太郎にとってはどうでもいいことだが、受け取りに行くぐらいであれば手伝ってやってもいいと思い、出かけた。

そこに同じく受け取りに来ていたのが希久だったわけだ。

出会った場所が場所だけに、懇《ねんご》ろにならないわけがない。希久は初めての購入らしく、嬉《うれ》しくてたまらなそうに鈴棒を握りしめていた。

『細いですね』

と話しかけたのが始まりだった。希久はきょとんとしていたが、

『うちの姉と妹はこんなですよ』

と見せると、希久は目を丸くした。

『これも試してみませんか』

『いいんですか』

『ご一緒できるなら』

『もちろんですとも』

と話はとんとん拍子に進み、気づけば不忍池《しのばずのいけ》の畔《ほとり》の待合で、張り形の試し挿《ざ》しを始めていた。

待合に入った男と女が張り形の抜き差しだけで終わるはずがない。四半刻(約三十分)もしないうちに、希久は風太郎の砲身を受け入れ、

『やっぱり生が一番』

と上や下になって尻を振り立てていた。

男と女がやるには出会う場が肝心である。淫気が漂いまくる場で出会ったならば無駄口は叩かず、おまん処に剛根《ごうこん》を挿入するか否《いな》かの確認だけをするべきである。

一度嵌《は》めれば、二度が三度になるのもまた男と女。翌日にはまた会うことになった。

それで知ったのが小池屋の大奥女中接待の一件である。希久が案内役になるのをよいことに、増上寺から富士楼の押し入れまで、希久と共に動いた。

それが顚末《てんまつ》を見るきっかけだった。

「小池屋重蔵というのはいったいどんな男なんだい」

「助平ですよ。商い以外は色欲しか関心がない旦那《だんな》です」

くちゅっ、くちゅっとさねをくじりながら希久が言う。

「助平に悪い奴はいないはずだがな」

風太郎は、濡れた花びらの形状を仔細《しさい》に描き込みながら答えた。亀裂は短く花は大きめの娘であった。

「旦那様は悪い人じゃないですよ。薬を背負って売り歩く行商から、さんざん苦労して本石町に問屋を構えたんですからね。お酒も博打《ばくち》もやりません」

「なら商売は繁盛《はんじょう》しているだろう……希久、穴をくぱぁと広げて見せてくれないか」

「えぇ〜、風さま、まんちょの穴の中まで描くんですか」

希久がまん穴ではなく目を見開いた。

「あぁ、そこまで描いてある春画が少ないんだ」

「こんなとこ見たいですかねぇ。ぐちゃぐちゃした穴ですよ……」

希久が開いた。桃色の細い洞穴からごぼごぼと泡が噴き上がっている。

「見事だねぇ。奥の奥まで桃色なんだ」

「そこまで見たことないですよ。首の骨が折れちまいます」

「で、重蔵さんが大奥とかかわったのはどうしてだい」

風太郎はちょっと勃起してきた剛根を押さえながら聞いた。

「乱れ場でお忍びで来ていた藤島様と出会ったようです」

「乱れ場？」

「さる御旗本の下屋敷で行われる乱交の会です。いろいろな方が集まってやりまくります。身分の差もそこではありません」

「それは、それがしも行ってみたい」

「最初は藤島様とは知らなかったんですよ。偽名でいらしていました」

希久がそこでまん処の穴にずぼっと指を挿し込んだ。圧が掛かったせいか、淫蜜が四方八方に飛び散った。

ふと思い、

「なんで、おまえさんがそのことを知っているんだよ」

と言って絵筆を止めた。

「えへ……旦那と一緒にあたいも行ったからです。あぁあ、風さま、もうあたいやりたいですよ」

「このど助平がっ。さる御旗本って誰だよっ」

「風さまの太くて長いのを挿入してくれたら、教えます」

希久は、ぜいぜいと喘《あえ》ぎ声を上げながら、人差し指と中指を重ね合わせて秘孔を掻きまわし始めた。

もう淫らすぎて、風太郎もじっとしていられなくなった。

「んん、もう」

着物を脱ぐのも面倒くさく、風太郎は裾《すそ》を端折《はしよ》り、下帯《したおび》の脇から剛根を取り出すと、そのまま希久の上にのしかかった。

「まぁ風さま、いやらしい。この様子を絵になすったら、あたいのまん処絵などよりも凄《すご》い絵になりますよ。あぁあ、ずぶずぶ入ってきました」

希久にしがみつかれる。首筋や額の汗がなぜかいやらしい匂いを放っている。

「だから、誰の屋敷だったと聞いておる」

「もっと抜き差ししてくれねば、教えませんっ。あふっ、風さまのお棹《さお》はおっひいっ」

喘ぎながら、希久は風太郎の乳首に吸い付いてきた。きゅーっと吸い上げ、舌先でれろれろと舐められる。

「おうっ、うっ」

甘美な希久の乳舐めに、剛根がさらに漲《みなぎ》った。自慢の嵩張《かさば》った鰓《えら》で、膣の柔壁を猛烈に擦り立ててやる。

希久の肉層もひくひくと波を打っており、風太郎の男根に絡みついてくる。まん蜜が今日は一段と濃く、ぬるぬるというよりもべとべとという感じなのだ。出し入れするたびに亀頭や棹がねっとりと糸を曳《ひ》いていた。

「あぁあああああああ。よいです、真《まこと》によいです。もうずっといやらしい気持ちになっていたので、希久はすぐにいってしまいそうです」

「いっちまえ。おまえさんのような助平娘は、淫魔《いんま》様のところでさねを引き抜いてもらったほうがいい」

風太郎は抜き差ししたまま、女芽《めめ》を摘《つ》まみ、強引に引っ張った。

「あうぅううううう。さねが、さねが取れます」

「なら、乱れ場を開いている旗本の名を申せっ」

「あぁあああぅ。作事奉行の米原光輝さまでございます」

希久が白状した。刹那《せつな》、風太郎はどぴゅんと精汁を飛ばした。

「あぁあああ、いくぅうううううううううう」

希久ものたうち、絶叫した。

畳の上の絵がくしゃくしゃになってしまった。


四半刻ほど休んだのち、再び写生を開始した。

希久の顔に気怠《けだる》さが出て、これもまた妙に艶《なま》めかしい。まん処は赤みを増して熟柿《じゅくし》のようだ。

「それで作事奉行と大奥に取り入っているというわけか」

まん処の外陰部をあらためて描きながら聞く。

「旦那様は本来、商売と色の道は分けて考えるお方です。私のことも決して口外していません。趣味は趣味です」

「ではなぜ。役者を揃えた座敷を整えるのも趣味趣向のためと申すか」

「いいえ。本当に困ったからです」

希久は花びらを広げながら答えた。

「困ったとは」

「問屋仲間の締め付けです。小池屋は薬種問屋としてはまだ新しい方です。老舗《しにせ》と同じ値で卸《おろ》していては、勝ち目がありません。そこで旦那様は薬売りだった頃のやり方で、たくさん買ってくれた町医者や大きな商家やお武家にはおまけの品を付けたのです。紙風船とかすごろくとか他愛のないものです。それが人気を呼びました。大量に買ってくれる家が多くなったので、今度は値引きをしました。新しい者が顧客を増やすにはそれしか手がありません。女中のあたいでもわかることです」

希久のまん処が心なしか泣いているように見えた。

「それを、問屋仲間からやめろと言われたのか」

「そうです。仲間同士で決めた値段を守れと。それでは何十年も前からお客さんを持っている老舗の信用がものを言うに決まってるんです」

どの仕事でもよくあることだ。

旧《ふる》くからの仕来《しきた》りを守るというのは詭弁《きべん》で、新たに入るものを嫌い、何代も続く己《おのれ》たちの利権を守りたいだけなのである。

「大奥や幕閣の有力者を後ろ盾《だて》に付けることで、それらの問屋仲間を黙らせたと」

「その通りです。小池屋は二年前から大奥御用達《ごようたし》の薬種問屋になりました。その評判でお武家や商家の顧客もどんどん増えています。米原様の覚えもめでたくなり、旧い問屋を買い取ることもできました」

「ほう……買い取るとな」

「はい、商売敵《がたき》の店の主人や番頭を博打に狂わせ、お内儀や娘さんを役者狂いにさせるというものでした。いまは薬種だけではなくどんな商売にでも手を出そうということになっています。よいことだとは思いませぬが、旦那様は米原様から、旧きをくじき新しい商人の世を作るため小池屋が一肌脱げと。ですから旦那様は江戸中の大店《おおだな》を買い取ろうとしているのです。そのためには、金と粗捜《あらさが》しが必要で……」

そこで希久がまん処の穴をくわっと開いた。

まん処の底から悪党たちの顔が見えてくるようだ。

壺振りお美羽、女衒《ぜげん》の政五郎、博徒の鷲山一家、それに役者を揃える羽衣座三木助。みんな小池屋の手駒になっているようだ。

だが駒は駒にすぎない。

小池屋重蔵ですら、実は将棋を指していないのではないか。

将棋の打ち手はどうやら作事奉行、米原光輝。いや、その奥にもっと大きな黒幕がいるような気がしてならない。

しかしながら、それでは彼らの本意がよくわからない。綱紀粛正《こうきしゆくせい》を唱える本丸派が何故、片一方で市中風俗を乱そうとする？　そこがわからない。

「もう一回、挿し込んでいいか」

「はい。望むところです」

風太郎は今度は希久を四つん這いにして後ろから貫いた。

「小池屋と米原、藤島のことで思い出すことがあれば、もっと話せ」

「はい、突いてくれたら、何か思い出すかも……」

風太郎はその日、一日中希久と交《まぐ》わり続けた。とうとう絵はかかずじまいだった。

二

朝まだきの数寄屋橋御門内。

南町奉行筒井政憲の役宅の庭で風太郎は立て膝を突き、縁側を見上げた。

「その方の文《ふみ》、しかと見た」

政憲が縁側に胡坐《あぐら》を掻き、茶を飲みながら言った。

「はい。黒幕は作事奉行、米原光輝様かと」

「ふむ。そこまでたどり着いてくれたか。だがそのまた上がおるだろうがの」

筒井が含み笑いをした。

「御奉行は水野様とお思いで」

恐れ多くもその名を出してみる。

「その通りだ。さすがは松方が見込んだ助平同心じゃのう。色の道からそこまでたどり着くとはたいしたものだ。この度の綱紀粛正、風紀紊乱《ふうきびんらん》取り締まり、これすべて本丸派の西の丸派潰《つぶ》しを目論《もくろ》んでのことだと、最初《はな》からわしは睨《にら》んでいたのじゃ。その実態を知るために裏同心が必要じゃった」

筒井がはっきりと言った。

筒井はいずれ大御所の側用人に進むとされる筋金入りの西の丸派である。

「ならばお聞き申したいことがあります」

風太郎の気持ちの中にもやもやしたものが残っていた。

「うむ。真木、中に上がれ。朝餉《あさげ》を共にしよう」

筒井が縁側で立ち上がり障子戸を開けると、書院に猫足膳がふたつ用意されていた。

「ありがたくいただきます」

風太郎は縁側から上がり込み、膳の前に座った。

めざしに香の物。白飯、あおさの味噌汁《みそしる》が乗る猫足膳の中央に黄金色《こがねいろ》の厚焼き玉子が輝いていた。

「御奉行。これはこれは……まさか王子《おうじ》の……」

風太郎はまずは卵焼きに箸《はし》を向けた。

「おうよ。王子の扇屋《おうぎや》の厚焼き玉子よ。西の丸の側用人が気を利かせて、こちらにも届けるように命じてくれた」

筒井は、かっ、かっ、かっと自慢げに笑った。

「これは奢侈《しゃし》禁止令には触れないのでございますか」

風太郎、そんな冗談を言いながらふわふわの卵焼きに夢中になる。

「わしを失脚させたい水野なら、どんな難癖をつけてくるかわからぬが、さすがに卵焼きの名品を食ったぐらいでは、罷免《ひめん》できまい。それよりそちはなにが聞きたい」

筒井がめざしを齧《かじ》りながら、眼差《まなざ》しを向けてきた。人懐《ひとなつ》っこい目だ。

「しからば申し上げます。市中の風紀を乱す弁天党の背後で糸を操《あやつ》っているのが米原様で、そしてさらにその奥に老中首座の水野様が控えておられるというのは、よくわかりません。西の丸に当てつけるように綱紀粛正を求める本丸が、わざわざ風紀を乱そうとしているのは何故ですか」

風太郎としては、どうしてもそこが気になった。

「綱紀粛正、風紀紊乱などどうでもいいことだからだ」

筒井がめざしをがりっと噛んだ。

「はぁ？」

「人は、隠したいことがあるとき、まったく別の問題を持ち出してくるものだ」

「隠したいこととは」

「上知令《あげちれい》さ。本丸、いや厳密にいえば水野ひとりの魂胆《こんたん》だろう。旗本の屋敷をすべて天領に召し上げて、あらたに水野に都合の良い統治体制を敷く。そのためにまずは悪所を立ち退かせるという大義名分を立てた。弁天党はそのための囮《おとり》にすぎんのではないかのう」

筒井も卵焼きに箸を伸ばし始めた。風太郎はあおさ汁をぐいっと啜《すす》る。

「つまり、幕閣に利用されているだけと」

「わしはそう思う」

「ことが済めば捨てられるだろう。いずれ壺振りや女衒に陰間《かげま》役者だ。適当な罪状をつけて遠島にしてしまう気であろう。そしてその責めを町奉行であるそれがしに負わせれば、一挙両得というものだ」

筒井はまた、顔をしわくちゃにして、かっ、かっ、かっ、と笑った。

「弁天党が旗本や商家の娘を博打のカタに苦界《くがい》に落としているのはよからぬこと。しかしそれを摘発《てきはつ》すればするほど、世の中の乱れが露見します。ひいては江戸市中から悪所を取り払おうということになりますが、そこを天領にするのでございますか」

「いいや、水野と米原でいいようにする。おぬしが文で推察していたように小池屋が買い取り、いずれ作事奉行が召し上げる。徐々に天領を増やし、最後は旗本屋敷を国防のためなどとぬかして、取り上げる」

筒井も卵焼きに続いてあおさ汁を啜った。卵焼きと海苔《のり》は相性がいい。

「それはあまりにも横暴な権力掌握手法ではござらんか」

「そこでだ、真木」

筒井が箸を止めた。

「はい」

風太郎は箸を置き背筋を伸ばした。

「そのほうは、本丸と西の丸のどちらにつく」

――ええええええ。

いきなりそう聞かれ、風太郎は面食らった。これは踏み絵だ。即答は控え、しばし黙考した。

「扇屋の卵焼きを折詰で用意した。中に小判は入っておらんが、うまいぞ。黄金の卵焼きだ」

それで釣ろうというのか。

風太郎は首を捻《ひね》った。

「吉原の艶乃家にいる鶴巻とかいう女郎、座敷持ちにまで出世したそうだのう。真木も会うのに金子《きんす》がいるだろう。それともすでに小池屋の希久とかいう娘と懇ろになったたか。ならば水茶屋の一軒でも持たせてやったらどうだ」

筒井は何もかも調べている。その上でどんどん押してくる。

「西の丸につきまする。決して褒美《ほうび》が欲しいわけではありません」

足元を見られたくないので、やせ我慢をした。

「聡明じゃのう。ならば何故、西の丸につく」

「拙者《せっしゃ》、助平にござりますゆえ、色好みの大御所様におつきしたいと決心しました。色を好む者に悪い人はおりません。逆にそれを退廃として嫌う者の政《まつりごと》は、どこかぎすぎすしてしまうかと」

本心を伝えた。

「よく言った。わしも同じ気持ちだ。町民、農民はもとより、御家人、石高の低い旗本から、ささやかな楽しみである岡場所や芝居小屋、小規模な賭場《とば》を取り上げてしまうのは、むしろ御政道に反する。大御所様の全盛であった文化文政《ぶんせい》年間では、町人文化が爛熟《らんじゅく》し、町には活気があった。大御所様は本丸にその継続を求めているのに過ぎないのだ」

筒井は悪所は善所と言いたいのだ。風太郎も同感であった。

「ならば、どんな策を講じましょう」

「真木よ。正徳の絵島生島事件を、この天保の世に再び仕込めぬか」

筒井が庭の方を向いて言った。

「考えがございます。この真木めの一存でとりはからいまする」

風太郎は平伏した。

三

十日後、夏の盛りを迎えた頃、風太郎は仕掛けた。

まずは淫乱の友となった希久をこちらに寝返らせた。長屋住まいの希久を毎晩のように待合に誘い、風太郎の剛根の虜《とりこ》にしてしまったのだ。

筒井の勧めもあり水茶屋を一軒手に入れ、それをことの成就《じょうじゅ》後、希久に渡すことにした。これも効いた。

希久はさっそく風太郎の書いた筋書き通りに小池屋重蔵を唆《そそのか》した。

「すごい乱れ場を主催できます。木挽町の森村座の休座日に貸し切りが出来るのです。ここに好き者を集めたらたのしゅうございませぬか」

これに小池屋が乗らないわけがない。

小池屋は食指を動かした。

森村座は間もなく建て替えのため、このところ休座が多い。そこで座元が好事家だったことに目を付け、春風堂の主人善兵衛が裏で段取りをつけた。

森村座は『小池屋の顧客慰安会のため小屋を貸しただけ』という体《てい》をつくった。かくして江戸四座の一座森村座で『大乱交の会』がひっそりと開催されることになった。

客はこれまで米原の屋敷に集まっていた助平な男女ばかりである。

風太郎は希久の知り合いということで招待状を手に入れた。

「いらっしゃいませ。てまえ、今夜の仕切り役を務めます花川戸の政五郎と申します」

暮れ六つ（午後六時）。

木戸をくぐると丸に政の字の印半纏《しるしばんてん》を着た政五郎に招待状を確認された。

「あぁ、希久ちゃんのいい男《ひと》ですね。御存分にお楽しみあれ。いちおう危ねぇものを持っていないか、検《あらた》めさせてもらいます……おっとこれは何ですかね……あぁ絵筆ですね。困るんですよね、中の様子を絵になんかされちゃ……なに違う？　これで乳や毛を撫《な》でまわしたいと……そういうことでやんしたか。へい、あっしとしたことが、とんだ野暮なことを聞いちまいました。おゆるしを、さぁどうぞ」

政五郎に身体をまさぐられ、帯に挟んだ絵筆を検められて、ようやく通された。

あとからやって来た客たちも、同じように検められている。

女の客は政五郎の横に立っていたお美羽が検めていた。

「お武家さまは大小をこちらで預からせていただきます」

「まぁこれは木村屋《きむらや》のお嬢さん、いらっしゃい。念のために言っておきますが、一度入ったら、宴《うたげ》が終了するまでは外には出られませんからね。もっとも裸では出られませんものね……まぁ、今夜はわざわざつるまんにしてきなさったか」

お美羽にまん処を検められた娘が、あぁん、と艶《つや》っぽい声をあげている。

桟敷《さじき》に入ると、今日は座布団ではなく、敷布団が三十枚ほど敷かれていた。

これは凄い乱交の場になりそうだ。

四方の壁に紙が貼ってあった。

『四方上座』

ここでは身分の上下はないということである。

舞台は定式幕《じょうしきまく》が閉まっている。さすがにあの上ではやらないのだろう。

風太郎は、桟敷席の下手《しもて》の隅の紅い布団のうえに胡坐を掻いて、徐々に入ってくる客たちを眺めていた。

芝居小屋はふつう日が落ちると閉まる。明かり取りの格子から日が取れなくなるからだ。

今宵《こよい》は天井から無数の吊るし行灯《あんどん》が提げられている。

さながら吉原の大見世《おおみせ》の廊下を思わせた。四方にも行灯がいくつも並べられている。したがって客の顔はよく見えた。

羽衣座の三木助もいた。盛り上げ役として仕込まれたのだろう。他に何人か陰間役者と思われる色男がいた。

四半刻もすると三十枚の布団のほとんどに客が上がった。座ったり、寝転んだりいろいろだ。中には早くも身体を触り合っている男女もいた。

「これはこれは米原様、こちらにどうぞ」

小池屋重蔵が瘦せた作事奉行を先導してきた。

「これ重蔵、名前を呼ぶでない。今夜は奥州小藩の家老ということになっておることを忘れるな」

「ははあ、山形《やまがた》様でございましたね」

小池屋がおおげさに額を叩き、米原と共に風太郎の前を過《よ》ぎっていった。米原は渋い濃茶の着物だった。

「相方は小娘よりも年増《としま》を見繕《みつくろ》ってくれ。若い娘とやっているところを藤島様に見られたくない。あれはあれでむくれおる」

米原光輝は渋面《じゅうめん》をつくった。

その最中でも、大奥御年寄の機嫌は損ねたくないらしい。

「さあさあ。藤島様……いや、そうではなく三京堂《さんきょうどう》のお内儀、お富士《ふじ》様でしたね。真ん中辺がよろしいでしょう」

お美羽が藤島を先導してきた。

木挽町の富士楼の押し入れから、その裸は見ていたが、四十路《よそじ》とはいえみずみずしい肌の年増であった。今宵はまた一段と顔色がいい。

「わくわくするわねぇ。乱交は、見て、やって、見られて、また燃えて、よね」

藤島が羽織を脱ぎながら言っている。

「お内儀、あの布団がよろしいでしょう。相方がもう座っていますが」

お美羽が米原から少し離れた布団を指した。羽衣屋三木助が胡坐を掻いて座っている。妹、お洋を翻弄《ほんろう》した男だ。

風太郎は米原と藤島の顔をしっかり頭に叩き込んだ。これからくんずほぐれつになると、どこに動くかわからない。

しかも、いまにこの場は肌色一色になってしまうのだ。

「粋《いき》な兄さん、隣、いいかい」

ふと背後から声をかけられた。振り返ると妙に婀娜《あだ》っぽい女が這うようにしてやってきた。

「もちろんさ。わちゃぁ花房風太郎っていう絵描きだよ」

町人言葉で答えた。

「それで筆を持っているのかい。ぞくぞくするわね。あたしゃ、鎌倉河岸《かまくらがし》の醤油《しょうゆ》屋《や》のいかず後家、お銚《ちょう》。醤油の産地銚子《ちょうし》から取った名だそうでござんす。小池屋の旦那とは昵懇《じっこん》でね。っていうかはめはめの仲さ。それでもいいかい。それとも、兄さんは、やっぱ若い娘好みかい」

お銚の浴衣《ゆかた》の胸襟《むなえり》はすでにほつれ、乳房のほとんどが見えていた。この崩れた様子がなんともいい。風太郎は本来、初心《うぶ》な女が好みだが、こうした場ではこのお銚のようなこなれた女のほうが、楽しめそうだ。

どうせこんな場で、本当の素性《すじょう》など言う女はいないだろう。いずれどこかの仲居ではないだろうか。

「わっちは、助平女が好きでね。歳は関係ねぇんでござんすよ」

「いいねぇ。淫場ではそういう男じゃないとさ」

言うなりお銚が、四つん這いのまま、風太郎の股座《またぐら》に顔を突っ込んできた。あっという間に着物の裾を割られる。

そのとき舞台の中から、どんどんどん、と触れ太鼓《だいこ》の音がした。定式幕は閉まったままだ。幕の間から政五郎が出てきた。

「さあさあ。おっぱじめておくれやす」

お銚がべろりと亀頭を舐めてきた。

「辛口だねぇ」

醤油を舐めているふうだ。本当の素性を言っているのかも知れない。

四

「その筆、ややこしいわぁ。気持ちいいような、けど、もどかしいような。もうまん処が焦《じ》れてしょうがないわ。ぁあああ」

左右の乳首を筆で擽《くすぐ》り続けていると、お銚は布団の上で、身体をくねらせた。その肢体がなんとも助平っぽい。

「わっちは乳首が金時豆みたいに大きくなって硬直している女を見ると、興奮するんですよ。で、乳首昇天とかさせてみたくなる」

絵筆でしつこく、左右交互に擽った。

「初会で乳首昇天させたいなんざ、それは下種《げす》な男のやることだよ。まずはどすんと突くのが礼儀ってもんざんしょ。ここは、嵌めているのを見せびらかす場所だよ。おっぱいの先っちょを、こちょこちょしてばかりなんて粋《い》かさないね」

醤油屋のいかず後家に乱交場の作法を窘《たしな》められた。

周りを見渡すと、いずれの布団でも立ったまま女の足を掲げての挿入や、女が上の相舐め、それに騎乗位も女が一回転するなど、それはもう、みんながみんな、これはどうだ、さぁ見てくれ、と言わんばかりの体位なのである。

特に、どの布団の組も、がっちり肉が繋《つな》がっている様子をはっきり見せようと奮闘している。

「そうだな。これではわっちたちが、一番の野暮天になっちまう」

風太郎は絵筆を口に咥《くわ》え、おもむろに立ち上がるとお銚を抱き上げた。

「どうしようと」

お銚の目が淫乱に輝いた。

「両手をわっちの首に巻き付けておくんなせぇ」

町人言葉もだいぶさまになってきたと思うが、聞きようによっては遊廓の見世番のような口調だった。

「はいよ」

と、お銚がしがみついてきた。茶箱を抱えた感じだが、箱ではないのでお銚の豊満な乳房が胸板にくっついた。

「では、このまま挿し込みますよ」

「あぁ、ゆっくり、周りに見えるようにゆっくり入れてちょうだいな」

お銚が股座を動かし角度を合わせてくれた。濡れた赤身が当たる。隣で四つん這いにした娘の尻に抜き差ししていた僧侶らしい剃髪頭の男が目を剝《む》いた。ちょうどそいつの視線の高さに、風太郎の大根とお銚の鮪《まぐろ》の赤身のような色をしたまん処があるのだ。

「お坊さん、見てくださいな」

お銚が挑発した。坊主は若い女の尻を叩き、下から肉が交わる瞬間を見上げるように伝えた。

なるほどこれが乱交の醍醐味《だいごみ》か。

「うわぁ。和尚《おしよう》さん、上で玉がぶらぶらしているっ。こら、たまげたよう」

見るべきは、そこではないだろう。

と風太郎は棹を押し込んだ。ぬるっ。先っぽだけ入れる。

「あぁあああっ。あんたでっけぇ、先っぽだけでも裂けちまいそうだよ」

そう言いながら目がらんらんと輝いている。

ずるっ、ずいっ。棹の半分まで押し込んだ。まだ残り半分入っていないという
ことを坊さんと、若い娘に見せびらかした。

「下から、玉とか尻穴とか、舐めてもいいですかね」

若い娘が、後ろから差し込まれながらも前進してきた。

「お銚さん、いいかな」

いちおう相方に訊《き》く。

「あんた、なに寝惚《ねぼ》けたこと言ってんだい。娘さんが舐めたいと言っているのを
断るなんて人はここにはいませんよ」

「そうでがんすよねぇ。どうぞ」

風太郎は棹の全長を押し込みながら、娘の顔も見た。なんとなく農家の娘らし
いよく日に焼けた顔の女だった。

「んんんんっ。こりゃいいっ」

娘は下から玉を嚙むようにしゃぶってきた。ついでに尻の蕾《つぼみ》もちろっと舐めら

れる。

「おうっ」

と風太郎は目を剝き、思わず激しく腰を振った。

「あうぅううう。子宮《こつぼ》に響くっ」

目の前でお銚が歯を食いしばった。ここは一気に責め込む頃合いと見極め、風太郎はがんがん突いた。

「いやっ、これはいい。娘さん、あたしのまん汁、あなたの顔にかかわるよ。ごめんなさいね……あぁ、いいっ」

お銚は太棹を入れられた膣穴の縁から甘酒のような汁をぽたぽたと垂らしはじめた。

「まぁ、おいしいそうです」

浅黒い顔の娘が舌を出して、まん汁を受け取っている。

これもこうした『乱れ場』の楽しみ方であろう。

乱交は楽しい。

風太郎は立ち対面位で抜き差ししながら、藤島を探した。

一間半（約三メートル）ほど離れたところで、藤島は真っ裸になっていた。見るところ三木助に後ろ横嵌めにされながら、乳を揉《も》まれていた。

顔はとろけているが、視線は一点を見つめている。

その視線の先――。

米原光輝がお多福のような顔をした年増にチン繰り返しにされ、肉茎をじゅっぽじゅっぽと吸われていた。お多福顔の女の頬が窄《すぼ》まったり膨れたりする様子が実にいやらしい。

あの口に吸われてみたいものだと、風太郎は思った。だが、そこまでたどり着ければよいのだが……だ。

頃合いが来たならばこの筆を使わねばならない。その瞬間にここは淫場ではなく修羅《しゅら》場《ば》と化す。

「あぁあ、三木助とやら、さすがにそちは上手《じょうず》じゃのう。浅く、浅く、深くの調子はなんともいえぬわ。あっ、またそのように鰓を斜めにするとは、抉《えぐ》れて気持ちいいではないか」

藤島は眉間《みけん》に皺《しわ》を作りながらこみあげてくる淫情を楽しんでいた。絶頂まであと一息だが、まだ持ちこたえたい。

一組おいた斜め先の布団で、光輝が猛烈な勢いでしゃぶられている。だいぶ硬くなってきたようだ。

光輝は、みずから乱れ場を主催するほどの乱交好きだが、それに慣れ過ぎて尋常なことでは勃起しない。

藤島が必死で舐めたり、手筒で扱《しご》いても勃《た》ってくれない。

「お富士さんも締めますね。本職のあっしでも、これじゃぁすぐに破裂してしまいそうですよ」

「そんなことではいけませんよ。もっと抜き差しを、あそこのお侍に見えるようにやってちょうだい」

藤島は光輝の方を見やったまま言った。

「はい。どうやらあっしは嚙ませ犬のようですな。よござんす、ならばこちらも本職の意地を見せましょう」

「えっ」

いきなり三木助が反り返った逸物《いちもつ》を抜いた。そして、藤島の背後に回り、後ろから小水抱きをしてくる。子供がしっこさせてもらうときの格好だ。

「な、なにをする」

「へい。あちらのかたにばっちり見えるように、やります」

三木助の胡坐の上に尻を載せられ、下から田楽刺《でんがくざ》しにされた。剛芯棒が垂直に突き刺さってくる。膣袋を突き破って臍《へそ》まで届きそうな迫力だ。

「あっ、うっ、凄すぎる」

「はい、もっと開いて見せましょう」

三木助の膝の上で、両脚を扇のように大きく広げられた。

ちん繰り返しでしゃぶられている光輝が、突き刺さっている接点をじっと見ている。

「ぁあぁっ」

藤島は顔から火が出るほどの恥辱に塗《まみ》れたが、すぐにそんな感情も快感の波に押し流された。

三木助が藤島の尻を猛烈に上下させてきたのだ。ぬんちゃ、ぬんちゃっと粘膜が擦れる音がする。とにかく三木助の肉棒は反り返りの度合いが大きく、膣の中が、掻きまわされるようなのだ。狂おしいほどの快感がせり上がってくる。

「いやっ、おかしくなりそう。早すぎます。これ、まだ、まだじゃ」

まだ昇《い》きたくない。淫気をためにためて、光輝に存分に抉られたいのだ。藤島は懸命に歯を食いしばった。

どんどんどん。

太鼓の音と共に、舞台の定式幕が左右に開いた。

小池屋の女中、希久が舞台中央、緋毛氈《ひもうせん》を敷いた御見世台《おみせだい》の上で両脚を広げ、自擦りをしてみせている。

御見世台は、申し込めば順番に上がれるそうで、痴態を見せつけたいものが上がり、注目を浴びるのだそうだ。

——しかしよくもまぁ、あれだけ広げられるものだ。

そう思うほど、希久は亀裂を開き、飛び出した女芽を盛大に扱いていた。さすがに風太郎も呆気《あっけ》にとられた。

さらに希久の左右に政五郎とお美羽が座り、希久の乳を舐めている。

御見世台での三人絡み、ということだ。希久が希望を出したのだ。

希久は嬉々《きき》とした眼で、ふたりの愛撫を受け入れ、桟敷で乱れる男女をさらに煽《あお》り立てるように、せわしく指を動かしていた。

太鼓を叩いているのは小池屋重蔵だ。

それを認めた風太郎は、すでに醤油屋のいかず後家と共に、坊主と浅黒い顔の娘が絡んでいた布団の上に入り込んでいた。

醤油屋のいかず後家を本手《ほんて》で突きながら、後ろから浅黒い顔の娘に尻の窄まりをべろべろされていたのだ。

時おり娘の鼻が尻の割れ目に、どかんとぶつかってくる。さらにその背後から坊主に挿し込まれているので、強く打たれると顔ごとめり込んでくるのだ。

訳が分からない状況になるのも、また乱交の面白味だ。

風太郎はこれから乱交にのめり込んでいく気がしてならなかった。

「あっ、あんっ、風さん、一回出しておくれよ。あたしゃ、次にその和尚さんともやりたいよ」

醤油屋のいかず後家が言う。

「がってんだっ」

風太郎は猛烈に腰を揺すった。

藤島がよがっている。

その顔を見て米原光輝は嫉妬《しっと》した。いつものよがり方ではない。よく見ると、相方は色道の本職、陰間役者のようだ。

これはとんでもない色の味を仕込まれてしまうやも知れぬ。

――それはならぬ。藤島はわしに夢中でなければならないのだ。

米原はしゃぶられている魔羅《まら》の状態を見た。

ずんぐりした茄子《なす》のような形の魔羅に芯が通った。三木助のように反りかえった木刀のような鋭さはないが、これはこれで重く幅のある魔羅である。

「山形のご家老。立派になりました」

日本橋室町《むろまち》の呉服屋の女中頭《がしら》、お福《ふく》が涎《よだれ》だらけの口を拭《ぬぐ》っている。

「さすがはしゃぶりのお福。しっかり勃たせてくれたのう」

米原はそう言って上半身を起こした。


「あんた、米原様が立ち上がったよ。三木助にほどほどにするように言っておくれよ。あれじゃぁ藤島様は、三木助の反り魔羅から離れられなくなっちまうよ」

お美羽は舞台の上で希久のまん処を舐めながら、上目遣《うわめづか》いに政五郎に言った。

「そうだな。ふたりの仲が壊れちまったら、話が止まっちまうことになるかも知れねぇ」

政五郎は希久の口に銅色の漲りを抜き差ししていた。どこまでも入れる女だ。政五郎が希久の頭を押さえ、激しく振っても文句ひとつ言わず、喉まで使っている。女中にしておくにはもったいない助平な女だ。

政五郎もまだは抜きたくないだろうが、ここはいったん止めてでも、三木助を諫《いさ》めてもらいたい。

「あんたぁ、この森村座を悪所として追い出した後に、米原様はあたいたちのために官許の賭場を作ってくれると言っているんだよ。ご機嫌を損じたら大変なことになるさ」

お美羽は政五郎の尻を叩いた。

「おっとそうだな」

政五郎が舞台から飛び下りて、三木助と藤島のいる布団へ駆け寄っていった。

これで、この底なし淫乱女の女芽舐めに没頭できる。

「あぁあ、お美羽さん、そんなに啜らないでっ。あひっ、また昇《い》く」

希久が両手を広げてのけ反った。

希久が確かに両手を挙げた。

これはいかん。急がねばならん。

風太郎は猛烈に尻を振り立てた。

「あっ、風さん、なんて突きなの。あら、ちょっと痛い、うっ、でも痛気持ちいいっ。あわわっ、あたし、昇《い》きます、いきます。いぐぅううう。ぐはっ」

醬油屋のいかず後家が白目を剝いた。

「おぉおおおおおおおおお。飛ぶ、飛ぶ、飛んじゃう」

亀頭の切っ先が割れ、精汁を噴きこぼした。びゅっ、びゅっ、びゅっと、波が分かれて飛んでいく。

亀頭がすっきりした。

すかさず浅黒い顔の娘が、亀頭の周りに付着している残滓《ざんし》を舐めて、綺麗にしてくれる。

これも乱交ならではの連携だ。

脳が賢者にもどったところで、風太郎は脇に落としていた絵筆を拾い上げた。

毛の部分を引き抜いた。

絵筆が笛になった。

笛を咥えて、藤島の布団を見やる。

男が代わっていた。

三木助はお多福のような顔をした女にしゃぶらせていた。

「あぁ、今日の光輝様は凄すぎます」

藤島が騎乗位で尻を上げたり下げたりしている。大きな尻だ。そのまん中に茄子のような極太の魔羅が、見えたり消えたりしていた。

交わったばかりのようだ。乳房をみずから絞るよう揉みながら、尻を跳ね上げている藤島の顔はくしゃくしゃだ。

何があっても、すぐには交合を解くことは出来まい。急に小便を途中で止めて、走れと言われても無理なのと同じだろう。

――いまだ。

風太郎は笛を吹いた。

ぴーっ、ぴーっ、ぴーっ。

するといきなり木戸が開いた。

「御用、御用、そのままっ、誰も動くなっ」

定廻り同心五人が朱房《しゅぶさ》の十手《じって》を振り回しながら入ってくる、その後ろからはさす股を構えた捕り方が二十人以上続く。

「わしは、武士だ。町方に捕まる筋合いはない」

数人の武士らしきものたちが立ち上がる。

一番最後に南町奉行、筒井政憲が現れた。

「だまらっしゃいっ。ここに大目付、跡部《あとべ》良弼《よしすけ》様をはじめ目付の方々も同行しておるわい。ここにおる者一同、風紀紊乱の廉《かど》で取り調べる、神妙にいたせいっ」

筒井が内密に水野忠邦の実弟である大目付の跡部にも声をかけていたのだろう。跡部は跡部で、綱紀粛正の令が出ているので、町奉行との合同探索にやって来たに違いない。西の丸へのあてこすりとなる大醜聞を手に入れれば、大目付としても老中水野忠邦への手土産《てみやげ》になる。

まさか水野の腹心が、裸でいるとは思っていない。

森村座内は騒然となった。なにせ誰もかれも素っ裸なのだ。そしてほとんどが肉を繋げている。

藤島と光輝も抽送《ちゅうそう》を止められなかった。

奉行がさっと十手を掲げ、捕り方が順に裸の男女を引っ立てはじめても、なおかつ藤島はせわしく、尻を上下させていた。

「後生《ごしょう》でございます。あぁ止めてくれるな。うぅう」

藤島はいままさに極点に向かっているようだった。

「これは藤島御年寄ではないですかっ、なんというお姿っ」

中奥勤めの経験のある大目付の跡部が藤島の姿を認め、息を飲んだ。

「それに……米原殿も……」

「跡部殿、見逃しなされ。ここは見逃しなされ、悪いようにはいたさんっ」

藤島の下にいる米原は、鼻孔を大きく広げながら懇願《こんがん》していた。

「しかし、米原殿、すでに筒井殿や目付たちも見てしまっております」

跡部としても捕縛し、調べをするしかないのだ。勝負はついた。

この間に風太郎はこっそり舞台へと駆け寄った。

捕り方もさすがまたを舞台上の三人に向けていた。

五

「なんだこれは、めちゃくちゃになってしまったではないか」

お美羽は唇を震わせた。

「しかしお美羽、真っ裸では太刀打ちできんさね。また出直そうではないか」

政五郎は神妙に手を挙げている。棹は萎《しぼ》んでいた。

希久はまだゆっくり指を女芽に這わせていた。

「出直しなんかきくもんか。米原様も小池の旦那もお縄になっちまうんだ。そうそう簡単にいかないよ。癪《しゃく》に障《さわ》るねぇ。手に入らない森村座なんざ、燃えちまえばいいのさ」

お美羽はそう言うと舞台上にあったいくつもの行灯を、つぎつぎに天井や桟敷に向けて蹴り上げた。

ぼっ。

吊るし行灯が燃えたまま落下してきた。

桟敷には布団が敷き詰められている。菜種油《なたねあぶら》が付着しその上に火だ。あっという間に炎が上がった。

「わぁ～」

「逃げろっ」

客は騒然となり、木戸へ向かった。

「出るな、その格好で外になど出るではないっ」

同心たちが叫んでいる。

六十人以上もの真っ裸の男女が表通りへと出たならば、読売屋《よみうりや》の格好の餌食《えじき》となる。風紀紊乱も甚《はなは》だしい。

政五郎と希久は楽屋口へと向かっている。

お美羽だけが狂乱していた。

「あたいの賭場が、あたいの夢が消えちまったよ。なんだい、所詮《しょせん》、女郎上がりの壺振りなんて、この世の滓《かす》みたいなもののなのかい」

定式幕を引き破り、桟敷の炎の中へとくべている。

「どのみちあんた騙《だま》されていたんだ。博打でお武家や豪商の内儀や娘をいくら引っ掛けて女郎に落としても、あんたらはどこかで切られたはずだ。正業で稼ぐことだ」

風太郎はお美羽に抱きついた。

「うるさいっ。おまえみたいな遊び人になにがわかるっていうんだ」

裸でも遊び人に見えたようだ。

炎はどんどん大きくなっていた。

「ええい、面倒くさい。串刺しだっ」

風太郎は暴れるお美羽を、立ち対面位で嵌めた。

「うわっ、でっけえ」

いきなり全長を挿し込まれたので、お美羽は泡を食った。

ずっぽ、ずっぽと抜き差ししながら、風太郎は火の粉が降る中、楽屋口へと走った。

裏通りで希久が待っていた。

「風さま、ほんと誰とでもやるんですね」

お美羽と嵌めたまま出てきた風太郎を恨めしげに見ている。

「ならそこいらの待合で三人絡みにしよう」

「はいっ」

風太郎たちは、ごった返す表通りを避け、路地をいくつも抜けて逃げた。


翌朝。

水野忠邦は日比谷の上屋敷で、烈火のごとく大目付跡部良弼を叱《しか》りつけたが後の祭りであった。

作事奉行、米原光輝と大奥御年寄藤島との密通は、その日の明け方には読売屋によって、江戸市中に流れた。

それだけではなく大乱交の場に、多くの有力旗本が混じっていたことが発覚したのだ。いずれも老中配下の奉行や与力である。

米原が声をかけていたのだ。

町奉行筒井を罰するどころか、お上《かみ》は水野の責任を問うてきた。西の丸の差し金である。

水野はみずから三十日間、蟄居《ちっきょ》することでその責任をとり、何とか許しを得た。

だがこのことで、水野の権勢に陰りが出たのは間違いない。

筒井の町奉行としての座は安泰となった。

筒井は風紀紊乱改め方を、水野には言わずに密かに拡充することとし、風太郎に市中より裏同心を集めることを命じた。

表の隠密廻り同心などよりも強力な裏同心による大江戸艶《つや》捜査網を構築しようというものである。

陰謀の影には必ず色がある。

色から探れば、かならず人の本性も見えてくる。

真木風太郎にその道の泰斗《たいと》となることを求めることにした。

そんな命が新たに下るとは露《つゆ》とも知らず。

風太郎は吉原大門を潜った。

艶乃家の鶴巻にようやく会いに行ける暇ができたのだ。江戸の町には、すでに秋風が吹き始めていた。

コスミック・時代文庫

大《おお》江《え》戸《ど》艶《つや》捜《そう》査《さ》網《もう》

2024年5月25日　初版発行

【著 者】
沢《さわ》里《さと》裕《ゆう》二《じ》

【発行者】
佐藤広野

【発 行】
株式会社コスミック出版
〒154-0002 東京都世田谷区下馬 6-15-4
代表　TEL.03(5432)7081
営業　TEL.03(5432)7084
　　　FAX.03(5432)7088
編集　TEL.03(5432)7086
　　　FAX.03(5432)7090

【ホームページ】
https://www.cosmicpub.com/

【振替口座】
00110-8-611382

【印刷／製本】
中央精版印刷株式会社

ISBN978-4-7747-6559-4 C0193